**모든
것의
종말
2**

THE END OF ALL THINGS

모든 것의 종말 2

존 스칼지 · 이원경 옮김

샘터

시리즈의 출발점인 《노인의 전쟁》에서 주인공 존 페리는 75세 생일에 아내 캐시의 무덤에 작별을 고하고, 75세 이상만 지원 가능한 '이상한 군대' 우주개척방위군(CDF)에 입대한다. 절차에 따라 지구의 고국에서 사망자로 처리된 존 페리는 우주 기지에서 최첨단 유전공학 기술로 초인적 능력을 갖춘 강화된 젊은 신체로 다시 태어난다. 이제 지구와는 전혀 다른 환경에서 외계 종족에 맞서 살벌한 전투를 벌이게 된 그는 뜻하지 않은 상황에서 새로운 사실을 알게 된다. 자신처럼 우주개척방위군으로 지원한 군인 외에도 처음부터 인간 병기로 태어난 '유령여단'이라는 특수부대가 존재한다는 사실이었다. 이를 통해 작가는 앞으로 펼쳐질 흥미롭고도 무궁무진한 이야기들을 예고한다.

시리즈의 두 번째 소설 《유령여단》은 재러드 디랙을 중심에 둔 삼인칭시점으로 전개되며, 우주개척연맹의 반역자 샤를 부탱 박사가 인류를 배신한 이유를 찾아간다. 디랙은 샤를 부탱 박사의 DNA를 조작해 탄생한 비밀병기이자, 우주에서 인류를 존속시키기 위한 임무를 부여받은 '유령여단' 제8훈련분대의 일원이다. 그는 임무 수행 중 자신의 기억과 공존하는 부탱의 기억 때문에 정체성의 혼란을 겪지만, 결국 이를 역이용해 부탱의 기억을 되살리는 데 성공, 인류에 대항하는 외계 종족들의 외교적 음모를 밝혀낸다.

3부작의 대단원인 《마지막 행성》에서는 《노인의 전쟁》에서 활약한 존 페리, 지구에서 죽은 그의 부인 캐시의 복제인간이자 《유령여단》의 첩보 장교였던 제인 세이건, 그들의 양녀가 된 샤를 부탱의 딸 조이라는 독특한 가족 구성을 통해 거대한 전쟁에 휩싸인 우주에서 새롭게 태어난 특별한 가족의 이야기를 보여준다. 미개척 행성 로아노크에 개척민들의 지도자로 파견된 존과 제인은 인류의 배신과 외계 집단 콘클라베의 위협 사이에서 위기를 겪지만, 결국 얽히고설켰던 거대한 세력 사이에서 해결의 실마리를 찾아내고 개척행성의 독립된 평화를 보장받는다. 그리고 그들은 모든 것이 시작된 지구로 향한다.

《조이 이야기》는 시리즈의 마지막 편인 《마지막 행성》과 같은 시간대와 사건을 배경으로 펼쳐지는 '평행 소설'이자 외전이다. 이미 막을 내린 존 스칼지의 놀랍고도 기발한 우주개척연대기가 열일곱 살 소녀 조이의 시선으로 재탄생한 것이다. 존 페리와 제인 세이건이라는 두 영웅의 딸이자 오빈이라는 강력한 외계 종족이 숭배하는 열일곱 살 소녀 조이. 그녀의 일인칭시점을 통해 작가 존 스칼지는 베일에 싸여 있던 '노인의 전쟁' 3부작의 모든 진실을 공개한다.

《휴먼 디비전》은 '노인의 전쟁' 시리즈의 세계관을 배경으로 새롭게 시작되는 소설이다. 폭력과 경쟁이 난무하는 우주. 인류의 고향 지구는 개척연맹의 노력이 없었다면 이미 외계 종족의 손쉬운 먹잇감으로 전락했을 것이다. 하지만 인류의 우주 군사 조직으로서 수세대에 걸쳐 우주에서 지구를 수호해온 개척연맹은 인류가 모르는 많은 비밀을 품고 있었고, 우주선을 몰고 지구로 귀환한 존 페리의 등장으로 수십억 지구인들이 개척연맹의 참모습을 알게 되었다.

개척연맹은 지구를 위해 수없이 많은 전쟁을 치렀다고 주장하지만, 다시는 지구로 귀환하지 못할 신병들을 끊임없이 공급받기 위해 인류를 조종해온 것 역시 사실이다. 지구와 개척연맹 사이에 불신의 골이 깊어질 무렵, 전쟁 대신 평화로운 무역과 공존을 모색하는 외계인 연합 콘클라베가 등장한다. 개척연맹과 적대 관계인 이 집단은 지구를 끌어들이기 위해 줄기차게 손을 내밀고, 충격과 불안에 휩싸인 지구인들의 앞날은 점점 더 미궁에 빠져든다.

지구가 중대한 선택의 기로에 서자, 개척연맹의 생존 역시 절체절명의 위기에 놓인다. 이 난국을 타개하기 위해 외교적 수완과 정치적 계략이 총동원된다. 그리고 영리한 지략가 해리 윌슨 중위를 필두로 한 뛰어난 'B팀'이 가동된다. 이 특별한 외교단은 우주에서 맞닥뜨린 뜻밖의 사건들을 해결하면서 인류의 분열을 막기 위해 사투를 벌인다.

THE END OF ALL THINGS

차례

인내의 시간

THE END OF ALL THINGS

PART ONE

화요일이었다. 우리는 혁명을 짓밟으러 가야 했다.

"오늘 화요일 맞지?"

테렐 램버트가 물었다. 이번 임무에 투입된 우리 분대 네 명은 행성 표면에서 25클릭 상공을 천천히 맴도는 셔틀 안에서 대기 중이었다.

어찌 보면 이상할 게 없는 질문이었다. 개척방위군(Colonial Defense Forces: CDF)에게는 오늘과 내일의 경계가 흐릿한데, 이 임무 저 임무 전전하며 돌아다닐 때는 더 그렇다. 우주선 안에서는 오늘이 곧 내일이다. '하루의 끝'이 없는 셈이다. 제대를 기다리는 경우라면 날짜를 셀 수도 있겠지만, 최근에 우리는 복무 기간이 무한정 연장되었다는 것을 알게 되었다. 하나밖에 없던 병력 보급소가 사라지고 당장 병력을 충원할 길이 없으면 이런 일이 벌어지게 마련이다.

이런 상황에 요일을 따지는 건 별 의미가 없다. 화요일이냐고? 그럴 수도 있다. 화요일이라는 게 중요하냐고? 아니어도 상관없다.

달리 보면 우스꽝스러운 질문이었다. 왜냐하면 모든 CDF 병사의 머릿속에는 뇌도우미라고 불리는 컴퓨터가 들어 있기 때문이다. 이 놀라운 장치는 날짜와 요일, 시간, 주변 온도, 모든 임무 브리핑을 비롯해 정보와 관련된 것은 무엇이든 묻기만 하면 바로 알려준다.

램버트는 요일을 정확히 알고 있었거나, 몰랐다 해도 알 수 있었다. 따라서 그의 질문은 정보를 원한 게 아니었다. 개척방위군으로 살아가는 것의 실존적 본질에 대한 질문이었다. 물론 램버트가 딱히 그런 실존적 본질을 환기시키려고 물어본 건 아닐 수도 있다. 하지만 그런 뜻이 없었다고 할 수는 없다.

임무를 기다리기 지루해서 물어본 것이기도 했다. 개척방위군에게 지루함은 일상이나 다름없다.

사우 살시도가 대답했다.

"응, 화요일이야. 내가 어떻게 아는지 물어봐."

엘리자베스 파월이 물었다.

"뇌도우미 덕분에?"

"아니. 어제가 튀빙겐 호 식당에서 피자가 나오는 날이었거든. 피자는 늘 월요일에 나오잖아. 그러니까 오늘은 화요일이지."

램버트가 말했다.

"그것 때문에 혼란스러워."

살시도가 물었다.

"오늘이 화요일이라서?"

"아니. 월요일이 피자 데이라는 거. 과거에 지구에서 나는 초등학교 건물 관리인이었는데, 피자 데이는 늘 금요일이었어. 선생들은 그걸 애들 다루는 데 써먹었지. '말썽 부리면 금요일에 피자 안 준다.' 월요일을 피자 데이로 하는 건 삶의 질서를 어지럽히는 짓이야."

파월이 대꾸했다.

"더 심한 게 뭔지 알려줄까? 튀빙겐 호 식당에서는 수요일에 타코(얇은 밀가루 반죽으로 구워 고기와 야채를 싸 먹는 멕시코 음식—옮긴이)가 나와."

살시도가 툴툴댔다.

"원래 타코는 화요일에 나오는 거잖아."

"맞아. '타코 투즈데이'. 두운이 딱 맞잖아."

"그건 영어일 때만 그래. 예컨대 스페인어로 하면 '마르테스 데 타코스(타코의 화요일)'라서 두운이 맞질 않아. 번역이 정확한지는 잘 모르겠지만, '마르테스 데 타코스'가 맞을 거야."

램버트가 말했다.

"뇌도우미에 물어보면 바로 알 수 있어."

"너도 뇌도우미한테 물어봤으면 무슨 요일인지 알 수 있었을 걸 뭐 하러 물어봤어?"

램버트는 화제를 바꿨다.

"내가 있던 학교에서는 늘 목요일에 타코가 나왔어."

파월이 물었다.

"그것도 안 어울리긴 마찬가지잖아?"

"왜 안 어울려? 목요일(Thursday)도 't'로 시작하는 날인데."

살시도가 끼어들었다.

"영어에서만 그렇지."

램버트가 대꾸했다.

"어쨌든 영어에서는 두운이 맞잖아."

파월이 반박했다.

"머리글자만 보면 그렇지. 하지만 실질적으로는 'th(쓰)' 소리
와 't(트)' 소리가 달라서 두운이 안 맞아."

"맞는다니까."

"쓰ㅇㅇㅇㅇㅇㅇ. 이건 '트'랑 전혀 달라."

"괜히 억지 부리지 마."

파월이 살시도에게 하소연하듯 말했다.

"나 좀 도와줘."

살시도가 램버트에게 말했다.

"틀린 말은 아냐."

램버트는 고집을 꺾지 않았다.

"그래도 '타코 써즈데이'가 '피자 먼데이보다는 나아.'"

"영어에서만 그렇지. 스페인어로 월요일은 '루네스'야. 따라서 피자 먼데이는 '루네스 데 피자'인데, 이건 말이 돼."

"되긴 뭐가 돼? 하나도 안 어울려."

"진짜 어울린다니까. 옛날 노래 중에 이런 게 있어. '커다란 피자처럼 둥근 달이 떠오르면 사랑이 시작된다네.' '루네스'는 달을 뜻하는 '루나'에서 온 말이야. '먼데이'의 '먼'도 '문(달)'에서 왔고. 그러니까 말이 되지."

파월이 대꾸했다.

"그런 노래는 금시초문인걸. 방금 꾸며낸 거지? 말싸움에서 이기려고 지어낸 노래가 틀림없어."

램버트도 동의했다.

"나도 그렇게 생각해."

"아냐."

"순 뻥이야."

"아니라니까."

"거수로 정하자."

램버트가 손을 들었다. 파월도 손을 들고 말했다.

"결판났네. 뻥 치지 마셔."

살시도는 억울하다는 표정이었다.

"옛날 노래라고 했잖아."

램버트가 내게 물었다.

"중위님도 피자 달 노래 들어보신 적 없죠?"

"자네들의 한심한 말싸움에 난 끌어들이지 말아줘. 벌써 여러 번 구경했으니 그걸로 충분해."

램버트는 다시 살시도에게 말했다.

"중위님도 그땐 노래 못 들어보셨다잖아. 중위님은 원래 음악가였으니 그런 노래가 있었다면 모르실 리 없어."

살시도는 조금 방어적으로 대꾸했다.

"음악가도 종류가 아주 많단 말이야."

그때 내 시야에 알림이 떴다. 나는 분대원들에게 지시했다.

"저쪽 이야기는 끝났다. 우리 차례다. 45초 뒤에 출발한다. 장비 챙겨."

나도 내 장비를 챙겼다. 이번 임무에는 나노봇 팩과 드론, MP 소총이 필요했다.

살시도가 자기 장비를 주섬주섬 챙기며 말했다.

"튀빙겐 호로 돌아가면 그 노래를 찾아볼 거야. 찾아서 너희 모두에게 들려주겠어. 두고 봐. 틀림없이 있을 테니까."

내가 지시했다.

"마스크 착용해."

나도 내 전투복에게 마스크를 생성하여 내 얼굴을 덮으라는 신호를 보냈다. 마스크가 올라오면서 시야를 가리자, 뇌도우미가 외부 영상을 눈앞에 띄워주었다.

"오늘 점심은 뭐지?"

램버트가 자신의 뇌도우미로 물었다. 나머지 대원들과 마찬가지로 그도 이제 입이 마스크에 아늑하게 덮였기 때문이다.

살시도가 대답했다.

"햄버거. 오늘 화요일이니까."

셔틀 문이 열리자 프랭클린 행성 초고층 대기의 얼음 같은 냉기가 우리를 휘감았다.

내가 부하들에게 말했다.

"출발해."

그때부터는 세 명 모두 알아서 셔틀 밖으로 뛰어내렸다. 나도 30을 세고 뛰어내렸다.

프랭클린은 크기와 질량이 지구와 비슷하고 기본적으로 인간이 살기에 적합한 행성이며, 과거 개척연맹 초기에 가장 먼저 개척한 곳 중 하나였다. 인구가 많은 이 행성의 주민들은 북아메리카에서 온 1차 개척민 후손부터 최근에 이주해 온 인도네시아 내전 난민까지 그 종류가 다양한데, 주로 북반구 대부분을 차지하고 있는 크고 길쭉한 펜실베이니아 대륙에 거주했다. 수많은 대도시와 군소 도시가 있지만, 그중에서도 지금 내가 상공에서 내려다보는 도시인 뉴필라델피아는 프랭클린 행성 정부의 본거지였다.

몇 분 뒤 이 행성 정부는 개척연맹으로부터 독립을 선언하는 법안을 표결할 예정이었다.

내 뇌도우미가 분대원 세 명의 위치를 알려주었다. 나보다 몇 천 미터 아래 있었다. 이번 임무에서 그들이 할 일은 나와는 다른데, 물론 우리 모두 향하는 곳은 같았다. '유리 슬리퍼'라는 애칭으로 불리는(어쩌면 애칭이 아닐 수도 있고) 행성 의사당이었다. 그런 별명이 붙은 것은 건축가가 건물을 둥글게 솟은 형태로 설계해서 언뜻―내가 보기에는 아주 희미하게―신발 비슷해 보이기 때문이었다. 또한 프랭클린 정부의 투명성을 상징하고자 투명한 유리 재질 소재로 외벽을 둘렀기 때문이다. 적어도 건축가의 설명은 그랬다.

입구의 커다란 홍예문을 지나 프랭클린 의사당 안으로 들어가면 원형 홀이 나오는데, 거기서 고개를 들면 행성 대의원들의 신발을 볼 수 있었다. 왜냐하면 이 '유리 슬리퍼'의 꼭대기 층에는 원형 홀이 내려다보이는 투명한 바닥과 아름답게 비탈진 지붕을 자랑하는 의회실이 있기 때문이었다. 내가 알기로는 건물이 완공되고 나서야 그 투명한 바닥 때문에 방문객들이 치마나 킬트처럼 밑이 훤히 드러나는 옷을 입은 대의원들의 속옷을(혹은 노팬티를) 올려다볼 수 있다는 점을 지적했고, 그제야 상당한 추가 비용을 들여 사람이 바닥을 밟으면 유리가 뿌예지는 압전 소자를 삽입했다. 또한 사방이 투명한 벽으로 둘러싸인 커다란 방은 여름에 온실처럼 뜨거워질 수 있다는 점도 간과했다. 결국 여러 의원들이 고체온증으로 졸도하는 사태를 겪고 나서야 의회실의 에어컨 시설을 보강했다.

아무도 고려하지 않은 점이 하나 더 있었다. 즉, 행성 의회실을 투명한 건물 꼭대기 층에 두면 위로부터의 공격에 완전히 무방비일 수 있다는 것. 하지만 로아노크에서 개척연맹에게 함대를 괴멸당한 직후 콘클라베가 단 한 차례 습격해 온 일을 제외하면, 개척연맹의 핵심 행성 중 한 곳인 프랭클린은 지난 수십 년 동안 외계 종족의 본격적인 공격을 받은 적이 없었다. 그리고 개척연맹에게 공격당한 일은 전혀 없었다. 당연하지 않은가? 프랭클린은 개척연맹의 식구니까 말이다.

물론 오늘은 사정이 다르다.

"내려왔습니다."

파월이 내게 보고했다. 그들 셋이 지상에 착륙해 의사당 원형 홀로 달려가면서 무기를 들고 공포 분위기를 조성할 거란 뜻이었다. 의사당 경비대가 있다면 그들의 주의를 끌고 의회실 문을 걸어 잠그게 함으로써 대의원 751명 모두를 의회실 안에 가두려는 속셈이었다.

내 목적지가 바로 의회실이었다.

나는 우리 모선인 CDF 전함 튀빙겐 호에 연락해 시작할 준비가 됐음을 알렸다. 현재 튀빙겐 호는 뉴필라델피아 상공에 떠 있었다. 평소 같으면 튀빙겐 호가 위험을 무릅쓰고 이 행성의 초고층 대기 근처로 도약해 왔을 때 프랭클린의 행성 센서들이 튀빙겐 호를 포착했을 것이다. 문제는 이 행성의 탐지 시설들의―인공위성부터 지상 관측소까지 모두―설계와 설치를 개척연맹이 했을 뿐만 아니라 여전히 대부분 개척연맹이 운영한다는 점이었다. 개척연맹이 마음만 먹으면 얼마든지 개척방위군 전함을 들키지 않게 할 수 있었다. 물론 정확히 튀빙겐 호 쪽을 살펴보면 발견할 수는 있었다. 하지만 센서가 알려주지 않는데 굳이 누가 거길 보려 하겠는가?

내 신호를 받은 튀빙겐 호는 10초 뒤에 시작할 테니 레이저 포에 닿지 않도록 조심하라고 응답했다. 나는 경고를 잘 알아들었다고 회신했다. 이제 바로 내 밑에 의사당 건물이 있었다. 튀빙겐 호에서 발사한 레이저 광선을 내 뇌도우미가 보여주었다. 만약 실수로 광선에 닿기라도 한다면, 나는 아주 잠깐 동안 불쾌한 기분을 느끼다 내 뇌가 고통을 인지하는 순간 탄소 먼지로 변해버릴 터였다. 그건 오늘 내 일정에 없는 일이었다. 나는 줄곧 광선의 진로와 거리를 두었다.

몇 초 뒤, 내 눈으로 식별할 수 없는 높은 진동수의 고에너지 광선이 의사당 지붕을 한 번에 1마이크로미터씩 태우면서 지름 3미터 크기의 구멍을 뚫기 시작했다. 그 광경이 뇌도우미를 통해 보였다. 지붕을 박살내거나 광선 바로 아래 모여 있는 의원들을 증발시키지 않고 구멍을 내는 것이 목적이었다. 이 단계에서는 아무도 죽으면 안 되니까.

나는 생각했다. 길은 열렸어. 멋지게 등장할 차례야.

그리고 소리 내어 말했다.

"간다."

나는 구멍을 발견하고 그곳으로 급강하했다. 마지막 몇 초를 기다렸다가 나노봇을 낙하산 형태로 방출해 순간적으로 급정지했다. 개조되지 않은 보통 사람의 몸이었다면 죽었겠지만, 내 몸은 유전공학으로 개조한 육체였다.

덕분에 구멍 아래로 빠르고 멋지게 떨어지면서도 전투복이 충격으로부터 나를 보호하도록 경화시킬 여유가 있었다.

쿵 하는 소리와 함께 소동이 벌어졌다. 난데없이 마술처럼 등장한 나를 보고 다들 놀라고 당황해서 비명을 질러댔다. 나는 충돌한 자리에서 일어나 나를 보고 어리둥절해진 늙은 남자를 향해 빙그레 웃었다. 내가 착지한 곳은 의장석 뒤였는데, 애초에 내가 목표로 정한 바로 그 자리였다. 이제부터 내가 하려는 정치적 공연이 시작부터 아주 순조로운 셈이었다.

나는 놀란 남자에게 말했다.

"하리안토 의장님, 뵙게 돼서 진심으로 기쁩니다. 잠시 실례 하겠습니다."

나는 등 뒤에서 드론을 떼어낸 다음 뇌도우미를 이용해 작동 시켰다. 윙 하는 소리와 함께 살아난 드론은 내 머리 바로 위로 떠올랐다. 그러는 동안 바닥 아래를 내려다보니―의장은 바지를 입었고, 의장석 바닥을 반투명 상태로 해놓았다―파월과 램버트, 살시도가 무기를 들고 드론을 띄운 상태로 의사당 경비대와 대치하면서 일부러 신중하게 밀리고 있었다. 결코 위태로운 상황이 아니었다. 적어도 그들이 감당할 수 없는 상황은 아니었다.

대원들을 확인한 나는 등에 메고 있던 MP 소총을 끌러 의장

책상에 올려놓고 불과 몇 초 전까지 하리안토 의장이 잡고 있던 마이크로 다가갔다. 그리고 미리 작성해둔 메모를 뇌도우미로 눈앞에 띄웠다. 이제 연설할 시간이니까.

"하리안토 의장님, 프랭클린 행성 정부 대의원님들, 그리고 이 특별한 의회 행사를 가정이나 혹은 그 어디서건 지켜보고 계신 프랭클린 행성 주민 여러분, 안녕하십니까. 저는 개척방위군 소속 헤더 리 중위입니다. 오늘 이 자리에 예고도 없이 불쑥 찾아온 점은 깊이 사과드립니다. 하지만 시기상 어쩔 수가 없었습니다. 여러분께 개척연맹의 메시지를 전하고자 합니다.

개척연맹은 오늘, 실은 지금 이 자리에서 프랭클린 행성의 독립 선언 표결이 시작된다는 것을 알고 있습니다. 또한 이 표결이 뜨거운 논란을 불러일으켰고, 따라서 접전이 예상된다는 점도 알고 있습니다. 반대 의견이 있는 것은 당연합니다. 개척연맹으로부터 독립하면 여러분은 수많은 외계 종족들의 먹잇감으로 전락할 것이기 때문입니다. 그들도 우리처럼 지금 이 행성의 투표 결과를 주시하고 있습니다.

지금껏 개척연맹은 공식 채널을 통해 프랭클린 행성의 이번 표결에 반대한다는 점을 분명히 밝혔습니다. 프랭클린의 주민과 정부뿐만 아니라 개척연맹 전체에도 위험을 초래하는 행위라고 보기 때문입니다. 또한 이런 표결은 불법이며, 설령 합법적인 수단을 동원한다 해도 개척연맹에서 분리돼서는 안 된다고 경고하는 바입니다. 하지만 하리안토 의장님이 표결을 시작하시려는 것으로 보아, 많은 분들이 개척연맹의 뜻을 받아들이지 않은 것이 분명합니다.

제가 개척연맹을 대신하여 이 표결을 중단시키러 여기 왔다고 믿으실지도 모릅니다. 아닙니다. 이번 투표는 프랭클린 행성의 의원님들, 적어도 이 사안을 표결에 부치기 위한 정족수를 채워준 일부 의원님들이 요구한 것입니다. 개척연맹은 표결 진행을 방해하지 않을 것입니다. 제가 여기 온 목적은 이 행위가 어떤 결과를 부를지 알려드리는 것입니다.”

나는 모두가 무슨 결과일지 궁금해할 정도만 시간을 주고 말을 이었다.

“이 역사적인 투표를 추진하는 과정에서 이 안에 계신 여러분 중 일부는 이 개척행성의 이름이 미합중국의 혁명적 인물인 벤저민 프랭클린에서 따왔다는 점을 상기하며 미국 독립선언문의 구절들을 인용했습니다. 특히 당시 그 선언문에 서명한 혁명가들처럼 여러분도 이 행성의 독립을 위해 자신의 목숨과 명예와 신성한 명예를 바치겠다고 서약했죠. 좋습니다.”

나는 내 머리 위에 떠 있는 드론을 가리켰다.

“지금껏 제가 이야기하는 동안, 이 드론은 이 방에 계신 모든 의원님들 신원과 위치 정보를 파악하여 개척연맹 전함에 알렸고, 지금 그 전함은 고에너지 입자 광선으로 여러분 모두를 조준해놓았습니다. 이미 개척연맹은 이 표결을 불법으로 규정했습니다. 따라서 만약 독립에 찬성표를 던지면 개척연명에 반역 행위를 하는 것입니다. 그럴 경우 여러분은 신성한 명예를 잃게 됩니다.

반역자들에 대해 개척연맹은 모든 금융 계좌를 동결하여 추가적인 반역 행위를 도모할 여력을 차단할 것입니다. 따라서 여러분은 재산을 잃게 됩니다. 그리고 투표를 통해 반역을 스스로 입증하면, 개척연맹이 즉결재판으로 사형을 언도하고 곧바로 처형을 시행할 것입니다. 말씀드렸다시피 여러분은 이미 조준되어 있고 움직임이 추적되고 있습니다. 따라서 여러분은 목숨을 잃게 됩니다."

이제 하리안토 의장을 돌아보며 말했다.

"자, 그럼 표결을 시작하셔도 됩니다."

의장은 어이없다는 표정으로 대꾸했다.

"우리 모두를 죽이겠다고 협박한 뒤에 말이오?"

"네. 더 정확히 표현하자면, 여러분이 설정한 원칙에 대해 개척연맹이 동의한 후죠.

이 표결에 목숨과 재산과 명예를 걸겠다고 한 맹세 말입니다. 아마 그것들 모두를 이렇게 빨리 잃게 될 줄은 예상하지 못하셨겠죠. 하지만 지금은 미국 독립 혁명 시절이 아니고, 개척연맹은 바다 건너 수개월 거리에 있는 대영제국도 아닙니다. 우리는 지금 여기 있습니다. 이제 여러분이 쟁취하겠다고 선언한 독립을 위해 과연 여러분 중 누가 기꺼이 희생할지 확인할 시간입니다. 과연 누가 진심인지, 진심인 척하는 자는 누군지 알아볼 때입니다. 그런 척해도 아무 일 없을 거라고, 적어도 자신한테는 아무 일 없으리라 믿는 자들 말입니다."

대의원들 사이에서 누군가 소리쳤다.

"어차피 찬성으로 결론 나도 너희는 독립을 허락하지 않을 거잖아!"

나는 모두에게 물었다.

"그럴 줄 몰랐습니까? 고된 시련이 따를 거란 생각은 안 했습니까? 여러분이 하신 말씀은 그냥 해본 소리인가요? 아니면 여러분의 행위가 불러올 여파를 다른 사람들이 짊어질 거라고 믿었습니까? 여러분이 그들에게 주겠다고 주장하는 소위 독립이라는 것을 지키려고 이 행성 주민들을 강제로 무장시킬 생각입니까? 여러분을 지켜줄 개척연맹이 떠나고 외계 종족들이 이 행성을 차지하려고 들이닥치면 프랭클린 행성 주민 수백만 명을 죽음으로 내몰 겁니까? 그런 일이 벌어질 때 여러분은 어디 있을 생각입니까? 어째서 이 표결에 대해 책임져야 할 거란 생각을 하지 않았습니까?

친애하는 프랭클린 행성 대의원 여러분. 이제 책임질 기회가 주어진 겁니다. 프랭클린 행성의 그 누구보다 먼저 여러분의 행위에 대해 책임질 기회 말입니다. 아무리 간절히 바란다 해도 이 책임을 회피할 수는 없습니다. 이 표결은 행성 전체로 생방송되고 있습니다. 이제 여러분은 숨을 수 없습니다. 양심껏 투표하십시오. 그러면 이 행성 주민들은 이제 여러분이 그들을 위해 정말로 목숨도 내놓을 수 있는지 알게 될 겁니다. 자, 그럼 시작합시다."

나는 하리안토에게 고개를 끄덕이고 덧붙였다.

"의장님부터 하시죠."

"이제 우리 일 끝난 거 맞지?"

램버트의 물음에 살시도가 대답했다.

"튀빙겐 호로 돌아가는 셔틀을 탔을 때부터 근무 좋이었지."

"난 이번 임무가 과연 쓸모가 있었는지 모르겠어."

파월이 대꾸했다.

"뭔 소리야? 독립 선언은 만장일치로 부결됐고, 대의원 놈들이 자기 목숨 건사하기에 바쁜 겁쟁이라는 사실이 프랭클린 행성 전체에 까발려졌어. 그리고 우린 죽지 않았지. 충분히 성공적이었다고 봐."

램버트가 반박했다.

"'성공적이지 않았다'고는 안 했어. 쓸모가 있었는지 의심스럽다고 했지."

살시도가 한마디 했다.

"무슨 차이가 있는지 모르겠는걸."

"임무의 성공 여부는 목적을 이뤘느냐에 달려 있어. 우리가 목적을 달성한 건 맞아. 파월이 말한 대로 표결을 망쳐놨고, 정치가들에게 망신을 줬고, 멀쩡히 살아 돌아왔고, 개척연맹이 마음만 먹으면 언제든 와서 밟아버릴 수 있으니 까불면 안 된다는 걸 행성 전체에 각인시켰지. 우리가 받은 임무에 정확히 그러라고 적혀 있진 않았지만, 행간의 의미로 이해할 수는 있어."

파월이 빈정거렸다.

"우와, '행간의 의미'라. 전직 건물 관리인이 그런 어려운 말도 알고, 대단해."

램버트가 쏘아붙였다.

"그 전직 건물 관리인이 문학 박사다, 어쩔래? 시간 강사보다 벌이가 더 나아서 건물 관리인이 된 것뿐이라고."

파월이 빙그레 웃자 램버트가 말을 이었다.

"좋아, 어쨌든 맞아. 성공적이었어. 대성공이야. 하지만 근본 문제가 해결됐어? 애초에 우리가 이 임무를 수행해야 했던 근본적인 이유 말이야."

파월이 대답했다.

"첫째, 해결 안 됐을 수도 있어. 둘째, 뭔 상관이야?"

"상관이 있어. 만약 해결되지 않았다면 언젠가 우리가 또 이 문제로 여기 돌아오게 될 테니까."

살시도가 말했다.

"난 잘 모르겠는걸. 우리가 그 표결을 완전히 뭉개버렸잖아."

"그것도 일개 분대로 말이야."

파월은 나를 가리키며 한마디 덧붙였다.

"더구나 행선 전체의 운명을 좌우할 표결을 저지하라고 개척
연맹이 고작 중위 한 명을 보냈다는 사실도 의미심장해. 나쁜
뜻은 없습니다, 중위님."

내가 대꾸했다.

"괜찮아."

파월이 계속 이야기했다.

"이번 임무의 핵심은 저들의 기를 꺾어 앞으로는 멋대로 굴
지 못하게 하는 거였어. 개척연맹의 뜻을 전한 거지. '일반 병사
네 명으로 이 정도인데 군대를 보내면 어떨지 생각해봐. 우리
가 어떤 놈들로부터 너희를 지켜주는지도'라고 말이야."

램버트는 같은 말을 되풀이했다.

"하지만 근본 문제는 해결되지 않아. 생각해봐. 행선 전체 대
의원들이 어느 날 아침 눈을 뜨고 재미 삼아 독립 투표를 결정
한 게 아냐. 그 전에 많은 일들이 있었겠지. 우리는 모르는 일
들. 왜냐하면 그런 일들이 벌어지는 동안 우린 다른 곳에서 임
무를 수행하고 있었으니까."

파월이 대꾸했다.

"맞아. 그리고 이번 사건의 후유증이 생길 때면 우린 또 다른
임무를 수행하고 있겠지. 그런데 뭐 하러 흥분해?"

"흥분한 게 아냐. 우리의 이른바 '성공적인' 임무가 실질적인
도움이 됐는지 궁금한 것뿐이라고."

살시도가 대답했다.

"프랭클린 사람들에게는 도움이 됐지. 적어도 독립에 반대한 이들한테는."

파월이 한마디 끼어들었다.

"반역 행위로 사살되기 싫었던 자들한테도."

살시도가 고개를 끄덕였다.

"맞아, 구사일생이었지."

램버트가 말했다.

"그래. 하지만 개척연맹에 도움이 됐는지는 잘 모르겠어. 뭔지는 몰라도 프랭클린 사람들이 독립을 바란 이유는 여전히 남아 있어. 그건 해결되지 않았단 말이야."

파월이 대꾸했다.

"우리가 신경 쓸 일 아냐."

"물론 그렇지. 우리가 여기 오기 전에 그 문제가 해결됐으면 좋았을 텐데 안타까워."

"그랬다면 우린 여기 안 오고 다른 데 갔을 거야. 넌 거기서도 또 심오한 고민을 하셨을 테고."

"결국 진짜 문제는 나란 소리로군."

"아니라고는 안 하겠어. 난 내가 살아 돌아온 걸로 만족해. 단순한 년이라고 불러도 상관없어."

"단순한 년."

"고마우셔라. 어쨌든 램버트 넌 임무에 대해 너무 깊이 생각해. 출동하고, 해치우고, 집에 가면 돼. 그럼 더 행복해질 거야."

"글쎄, 잘 모르겠어."

"네가 그러면 나도 더 행복해질 거야. 네가 지껄이는 골치 아 픈 소리 안 들어도 될 테니까."

"예전의 내가 그리울 텐데."

"과연 그럴지 궁금한걸."

갑자기 살시도가 말했다.

"찾았어!"

램버트가 물었다.

"뭘 찾았는데?"

"그 노래. 너희가 없다고 했던 노래 말이야."

파월이 물었다.

"피자 달 노래?"

램버트는 어이없어 하는 표정이었다.

"말도 안 돼."

살시도는 의기양양하게 소리쳤다.

"정말이야! 당장 셔틀 스피커로 들려줄게."

달과 피자와 군침과 파스타에 관한 노래가 셔틀 안을 가득 채웠다.

잠시 후 파월이 말했다.

"끔찍한 노래야."

램버트도 한마디 했다.

"덕분에 배가 고픈걸."

살시도가 빙그레 웃었다.

"희소식 알려줘? 도착하면 딱 점심시간이야."

PART TWO

수요일에 우리는 저격수 한 명을 사냥하고 있었다. 물론 프랭클린에서 임무를 수행한 화요일 바로 다음 날은 아니었다.

"그냥 건물을 박살내서 저 자식을 뭉개버리죠."

우리 엄폐물 뒤에서 파월이 말했다. 그녀가 가리킨 아파트 단지 안에서는 반란군 저격수가 교토 행성 방위군과 그들을 지원하러 온 개척방위군 부대를 겨냥하고 있었다. 우리가 적과 대치하고 있던 후시미는 이 행성에서 세 번째로 큰 도시이자 최근 소요 사태의 중심지였다.

내가 말했다.

"안 돼."

파월은 하늘을 가리키며 대꾸했다.

"간단하다니까요. 튀빙겐 호라면 6초 안에 저 건물을 전부

박살낼 수 있습니다. 눌러서 가루로 만들어버리는 겁니다. 저격수가 죽으면 우린 타코 나올 시간에 맞춰 모선에 돌아갈 수 있어요."

램버트가 끼어들었다.

"그랬다가는 교토 사람들이 우리한테 반발할 거야. 이곳 주민 수백 명이 노숙자로 전락할 테고, 주변 건물들이 손상되거나 무너질 수도 있는 데다, 기간 시설까지 피해를 입으니까. 더구나 무너진 아파트 단지 잔해가 길 한복판에 산더미처럼 쌓이겠지."

"또 그놈의 앞일 걱정. 적당히 좀 하시지그래."

"저 건물을 박살내는 게 경솔한 짓일 수 있다는 점을 지적한 거야. 최선의 해결책이 아닐지도 모른다고 말이야."

"난 고르디우스의 매듭(프리지아 왕국에 있던 전설의 매듭으로, 알렉산더 대왕이 매듭을 풀지 않고 칼로 끊어버렸다고 한다—옮긴이) 같은 해결책이 좋아."

"고르디우스의 매듭은 사람들이 바글바글한 12층짜리 건물이 아니었어."

그때 날카롭게 깨지는 소리와 함께 40미터 떨어진 건물에서 돌 조각이 떨어져 나갔다. 건물 뒤에서 고개를 내밀고 있던 교토 방위군 장교들이 잽싸게 고개를 움츠렸다.

살시도가 실망스럽다는 투로 중얼거렸다.

"저 거리에서라면 맞췄어야지. 저 자식 솜씨 별론데."

나는 우리 앞 도로에 널려 있는 방위군 장교 시체 여러 구를 가리키며 대꾸했다.

"충분히 정확해. 자식인지 년인지는 모르겠지만."

파월이 말했다.

"높다란 아파트가 저놈인지 저년인지 머리 위로 무너져 내렸으면 아예 쏘지도 못했을 겁니다."

"저 건물을 파괴하는 일은 없을 거야. 그 생각은 머리에서 지워."

살시도가 물었다.

"그럼 어쩔 생각입니까, 대장?"

나는 고개를 들어 다시 건물을 살펴보았다. 흔히 볼 수 있는 콘크리트 아파트 단지였다. 각지게 구부러진 건물이 많아서 저격수가 도로 위에 있는 우리를 숨어서 겨냥하기에 유리했다. 반면 우리는 건물 내부를 육안으로 확인하기 어려웠고, 열 스캔으로는 아무것도 잡히지 않았다. 이 저격수는 모든 전자기파에 감지되지 않는 위장을 사용하고 있거나 성능 좋은 절연 재킷을 착용한 듯했다.

파월이 말했다.

"특공대를 옥상에 내려 저 자식을 쓸어버리죠."

나는 고개를 저었다.

"내가 저 저격수라면 옥상에 폭탄을 설치했을 거야."

"너무 과대평가하시는 거 아닙니까?"

"이런 상황에서는 최대한 조심하는 게 좋아."

"결국 저 자식은 건물을 폭파할 수 있고 우린 못 한단 거네요."

"아무도 저 건물을 폭파하지 못하도록 하는 게 중요해. 다른 방법을 생각해봐."

살시도가 제안했다.

"움직임을 추적하죠. 다음에 저 자식이 총을 쏘면 그때 끝장내는 겁니다."

램버트가 반박했다.

"지금 우리가 그걸 못 해서 이러고 있잖아? 저 친구가 명사수는 아닐지 모르지만, 적어도 쏘기 전까지 자신을 드러내지 않는 재주는 뛰어나. 따라서 우리가 곧바로 응사하지 않으면 맞힐 수 없어."

내가 말했다.

"하지만 총알은 추적할 수 있지. 저 저격수가 총을 쏘면 우리 뇌도우미로 탄알의 궤적을 추적할 수 있다는 뜻이야."

살시도가 한마디 거들었다.

"우리가 엉뚱한 데를 보고 있지 않다면 가능하겠죠."

램버트가 다시 말했다.

"그래도 순간적으로 응사하지 않으면 역시 어렵습니다."

내가 대꾸했다.

"그럴 수도 있고 아닐 수도 있지."

램버트와 살시도가 어리둥절한 표정으로 서로를 보았다.

"무슨 말씀인지 이해가 안 가는데요, 중위님."

나는 살시도를 보고 물었다.

"자네 MP 소총 전문가지?"

"맞습니다만, 그건 왜요?"

실제로 그랬다. 살시도는 개척방위군 표준 소총을 속속들이 꿰고 있었다. 그가 말해주기 전까지는 아무도 몰랐던 기능이 허다할 정도였다.

"우리 소총은 나노봇 물질로 즉석에서 다양한 탄알을 만들 수 있지?"

"맞습니다. 그래서 여섯 종류의 무기나 탄알을 한꺼번에 갖고 다니는 셈이죠."

"좋아. 난 이걸 로켓 발사기로 전환할 생각이야. 그리고 로켓의 성분을 지정하려고 해. 가능한가?"

"그 성분이 탄창에서 거의 바로 조립될 수 있는 것이라면 가능합니다."

"내가 만들려는 건 추적기 로켓이야. 집먼지 진드기 정도 크기의 아주 작은 추적기들로 이루어진 로켓."

살시도는 살짝 놀란 표정으로 나를 몇 초 바라보다 퍼뜩 깨달았다.

"아하, 알겠습니다."

"할 수 있겠나?"

"이론적으로는 가능합니다. 실질적으로는 시간이 턱없이 부족하죠. 우리가 처음부터 설계하려면 말입니다. 우리 목적에 맞게 활용할 자료가 있는지 찾아봐야겠습니다."

"5분 안에 끝내."

"여부가 있겠습니까. 그 이상 시간 주시면 일이 너무 쉬워질 테니까요."

램버트가 내게 말했다.

"저는 아직도 이해가 안 가는데요."

파월이 끼어들었다.

"그냥 건물을 박살내자니까요."

나는 그녀에게 쏘아붙였다.

"입 다물어."

그러고는 램버트를 보고 설명했다.

"탄알의 궤적은 추적할 수 있지만, 자네 말대로 정확히 응사하기는 쉽지 않아. 그리고 건물을 폭파시킬 수는 없어."

나는 파월을 노려보고 말을 이었다.

"따라서 저격수를 겨냥하지 않고 추적기로 이루어진 로켓을 저자가 숨어서 총을 쏘고 있는 아파트 안으로 발사하는 거야."

파월이 부연설명을 했다.

"폭탄이 터지면 추적기들이 저 망할 놈을 뒤덮겠지. 그러면 저 자식이 어딜 가든 위치를 알 수 있어."

내가 말했다.

"맞아. 여기서 명중시킬 필요 없이 먼지로 뒤덮기만 하면 돼."

그때 살시도가 소리쳤다.

"찾았습니다! 적당한 자료를 찾았어요. 당장 하나 만들겠습니다."

램버트가 말했다.

"그럼 이제 우린 저 친구가 다시 총을 쏘기만 기다리면 되겠군요."

내가 대꾸했다.

"기다리지 않아. 쏘게 만들어야지."

"무슨 수로요?"

나는 내 전투복을 가리켰다.

"이걸로 한 발은 견딜 수 있을 거야."

"중위님이 밖으로 나가 저 자식이 총을 쏘게 유도하겠단 말씀이군요."

"내가 할 거라고는 안 했어."

파월이 대뜸 말했다.

"어이구, 저는 절대로 자원하지 않을 겁니다."

"이번만큼은 저도 파월과 같은 생각입니다."

램버트는 엄지손가락으로 옆에 있는 동료를 쿡 찔렀다.

내가 물었다.

"살시도, 자네는?"

"이 괴물 로켓을 만들고 머리에 총알까지 맞으라는 말씀입니까? 너무하시네요, 대장. 저는 좀 봐주세요."

"여기 지휘관은 나야."

파월이 한마디 했다.

"저희 모두 중위님의 리더십에 엄청 감동받았습니다. 끝까지 모범을 보여주세요."

램버트가 맞장구를 쳤다.

"저희는 중위님의 뒤를 든든히 지키겠습니다."

나는 두 부하를 노려보았다.

"튀빙겐 호로 돌아가면 군의 명령 체계에 대해 다 같이 담소를 나눠야겠군."

파월이 대꾸했다.

"기대하고 있겠습니다. 중위님이 살아 돌아오신다면 말이죠."

"대화할 때 나는 에어록 안에 있고 자네들 셋은 밖에 있게 될 거야."

램버트도 한마디 했다.

"공정해 보이네요."

살시도가 내게 말했다.

"발사 준비 완료했습니다. 나노봇 추적도 이미 시작했습니다. 준비되면 말씀하세요."

"좋아."

나는 파월과 램버트를 보고 말했다.

"자네 둘은 내가 도로로 달려가는 동안 엄호 사격을 하는 척해. 운 좋게 저 자식이 나를 못 맞힐 수도 있어. 건물을 주시하면서 총알이 어디서 날아오는지 살펴봐. 삼각측량하듯 자네들 셋의 뇌도우미를 연동하면 살시도가 로켓을 더 정확한 지점에 발사할 수 있을 거야. 살시도, 본부에 연락해서 우리가 뭘 하려는 건지 알려줘."

"알겠습니다."

"이제 우리가 저 친구를 정신없게 해주자."

램버트의 말에 파월이 고개를 끄덕였다.

나는 전투복 마스크로 얼굴을 가리고 엄폐물 밖으로 뛰쳐나가 도로를 달리기 시작했다. 뒤에서 램버트와 파월의 엄호 사격 소리가 들렸다.

40미터쯤 갔을 때, 갑자기 트럭에 부딪친 느낌이 들었다.

개척방위군 전투복은 놀라운 장비다. 입으면 〈백조의 호수〉에 나오는 발레리나처럼 보이지만, 개척연맹의 트레이드마크인 나노봇 기술로 설계된 천의 보호 능력은 강철 못지않다. 오히려 더 나을 수도 있다. 강철은 깨지면 파편이 내장에 박히지만 이 전투복은 그렇지 않다. 물체가 날아와 부딪치면 천이 경화되면서 일정 수준까지 충격을 분산시킨다. 따라서 이 옷을 입으면 한 번의 직격, 예컨대 저격수의 총알을 맞고도 목숨을 건질 수 있다.

하지만 충격을 느끼지 않는다는 뜻은 아니다.

나는 그 충격을 제대로 느꼈다. 전투복이 경화되는 순간 갈비뼈가 부러지는 느낌이었고—실제로 부러졌을지도 모른다—두

발이 길 위로 떠오르는 느낌이었으며, 몸뚱이가 공기를 가르고 뒤로 몇 미터 날아갔다가 다시 중력에 끌려 바닥에 나동그라지는 것도 느꼈다.

모든 것이 계획대로 됐다. 내가 저격수의 시야 한가운데로 달려간 데는 이유가 있었다. 전투복이 총알의 충격을 가장 잘 흡수하는 몸통을 쏘도록 유도하기 위해서였다. 만약 저격수가 실력을 과시하려는 자라면 머리를 겨냥했을 수도 있지만, 그래도 죽지는 않았을 것이다. 물론 기분이 훨씬 안 좋거나 이후 며칠 동안 꼼짝도 못 하는 신세가 됐겠지만.

다행히 살시도의 짐작이 옳았다. 실력이 썩 뛰어난 저격수가 아니었다. 나는 그가 더 크고 더 쉬운 부위를 조준할 거라고 예상했다(실은 그러길 바랐다고 하는 편이 맞겠다). 내 예상은 적중했다.

하지만 죽도록 아팠다.

곧이어 펑 하는 소리와 함께 살시도의 로켓이 저격수가 있는 지점으로 쉬익 하며 날아갔다. 몇 초 뒤, 픽 하는 둔탁한 소리와 유리창 깨지는 소리가 들렸다.

내 뇌도우미를 통해 살시도의 목소리가 들렸다.

"로켓이 맞았습니다. 살아 계십니까, 중위님?"

"두고 봐야 알겠는걸. 추적은 하고 있겠지?"

"네. 추적 영상을 분대 채널로 송신하겠습니다."

"저 망할 자식이 계속 내 머리를 조준하고 있나?"

"아뇨, 지금은 움직이고 있습니다."

나는 몸을 돌려 엎드린 채 추적 영상을 띄우고 건물을 올려다보았다. 저격수가 작은 점들로 뒤덮인 형상으로 보였다. 그점 하나하나가 집먼지 진드기 크기의 추적기였다. 지금 그는 다른 곳으로 이동하고 있었다.

램버트가 물었다.

"쫓아갈까요?"

"그럴 필요 없어. 놈이 자리 잡고 다시 쏠 때까지 기다리기만 하면 돼. 그때 쏴 죽이는 거야."

"어떻게 다시 쏘게 하죠?"

"간단해."

나는 자리에서 일어섰다.

파월이 말렸다.

"그 전투복으로는 두 번째 직격을 감당하지 못할 겁니다."

"그러면 놈이 또 쏘기 직전에 자네들 셋이 저 자식을 끝장내야겠군."

"맡겨만 주십시오."

"좋아."

나는 길 한복판에 그대로 서서, 점들로 이루어진 저격수의 형상이 아까 숨어 있던 집의 아래층 집에 자리 잡는 것을 지켜보았다. 몇 분 뒤, 그자가 조심스럽게 창가로 다가와 다시 나를 저격하려 했다.

"딱 걸렸어!"

그때 아파트 건물이 폭발했다.

100미터 넘게 떨어져 있던 나는 충격파에 뒤로 벌렁 넘어졌고, 곧이어 뜨거운 열기와 더불어 흩날리는 잔해가 몰려왔다.

"뭐가 어떻게 된 거야?"

살시도의 고함 소리가 들렸다. 이어서 파월과 램버트가 서로에게 후퇴하라고 외치는 소리도 들렸다. 나는 다시 몸을 돌려 고개를 들었다. 무너진 콘크리트 건물에서 내 쪽으로 지저분한 먼지 구름이 몰려오고 있었다. 고개를 숙이고 숨을 참았다. 물론 그럴 필요는 없었다. 내 입을 덮은 마스크가 공기를 여과시켜주고 있었으니까.

잠시 후 먼지가 어느 정도 가라앉자 나는 자리에서 일어났다. 아파트 건물이 서 있던 자리에는 잔해 더미만 쌓여 있었다.

"빌어먹을."

"저건 우리가 원한 게 아니잖습니까?"

이번에는 뇌도우미가 아니라 귀를 통해 램버트의 고함 소리가 들렸다. 뒤를 돌아보니, 램버트와 파월과 살시도가 내 쪽으로 걸어오고 있었다.

파월이 내게 말했다.

"우리가 원한 것과 윗분들이 원한 것이 달랐나 보네요. 그러게 제가 처음부터 이러자고 했잖아요. 그랬으면 괜한 고생 안해도 됐을 텐데."

"입 닥쳐, 파월."

그녀가 입을 다물자 나는 살시도에게 말했다.

"저 건물에 저격수 말고 누가 또 있었는지 알아봐."

"우리가 여기 오기 전에 이미 깨끗이 치워졌을 겁니다."

"다시 확인해. 민간인이 한 명이라도 있다면 우리가 잔해 밖으로 꺼낸다."

"말도 안 됩니다!"

램버트였다. 나는 민간인 구조를 거부하려는 줄 알고 그의 머리를 후려치려 했다. 하지만 그가 손을 들어 막으며 말했다.

"그게 아니라 추적 영상을 좀 보세요. 그 우라질 저격수가 아직 살아 있어요."

나는 다시 건물을, 정확히 말하자면 잔해 더미를 보았다. 잔해 가장자리 근처, 콘크리트 더미 아래 1미터쯤에서 그 저격수가 돌덩이와 철근을 헤치며 밖으로 나오려 하고 있었다.

"따라와!"

저격수가 묻혀 있는 지점에 다다르자, 살시도는 저격수의 머리 쪽을 향해 소총을 겨누고 파월과 램버트와 나는 땅속에 감춰져 있는 저격수를 덮은 잔해를 걷어내기 시작했다. 잠시 후 내가 마지막 돌덩이를 걷어내자 살시도가 총을 치우고 탄식했다.

"맙소사."

우리가 노렸던 저격수는 기껏해야 표준 나이로 열다섯 살 정도인 소녀였다. 무너져 내린 콘크리트에 머리가 깨져 얼굴이 피범벅이었다. 잔해 사이로 자세히 보니, 왼팔에는 철근이 꽂혀 있고 오른쪽 다리는 이상한 방향으로 꺾여 있었다.

소녀가 입을 열었다.

"나한테 가까이 오지 마."

목소리가 이상했다. 적어도 한쪽 허파가 터진 게 틀림없었다. 내가 말했다.

"우리가 널 꺼내줄게."

"너희 도움 따위 필요 없어, 녹색 괴물."

나는 처음에는 어리둥절했지만, 내 녹색 피부를 보고 한 말이라는 걸 이내 알아차렸다.

나는 MP 소총을 들고 있는 살시도에게 말했다.

"총 내려놓고 우리 좀 도와."

그는 미심쩍어 하는 표정이었지만 시키는 대로 했다. 나는 다시 저격수를 보고 말했다.

"해치지 않을게."

소녀는 쌕쌕거리며 대꾸했다.

"너희가 건물을 무너뜨렸잖아."

"그건 우리 생각이 아니었어. 이제 우리가 꺼내줄게."

물론 소녀가 나를 저격하려는 순간 우리가 소녀의 머리를 쏠 생각이었다는 말은 하지 않았다.

"싫어."

"여기서 이렇게 죽으면 안 돼."

"죽을 거야. 여긴 내가 살던 곳이야. 난 여기서 살았어. 그런데 너희가 여길 파괴했어. 다른 것들도 모두 파괴했듯이."

나는 소녀에게서 눈을 떼지 않고 부하들에게 물었다.

"얼마나 팠지?"

"거의 다 됐습니다."

파월이 대답했다. 하지만 곧 뇌도우미로 내게 메시지를 보냈다.

다리를 짓누르고 있는 콘크리트 덩어리 때문에 가까스로 출혈이 멎은 상태입니다. 그걸 치우면 소녀는 죽습니다. 어차피 죽을 팔자인 셈이죠.

"알았다."

나는 뇌도우미로 다시 말했다.

위생병을 불러.

뭐 하려요? 방금 중위님을 죽이려 했고 우리가 죽이려 했던 자한테 과도한 친절을 베푸시는 겁니다. 도와준대도 싫다잖아요. 그냥 죽게 내버려두세요.

이건 명령이야.

파월이 어깨를 으쓱했다. 나는 저격수에게 말했다.

"의사를 불러줄 테니 조금만 참아."

소녀는 눈을 감고 대꾸했다.

"의사 필요 없어. 난 너희 필요 없어. 꺼져줘. 여긴 너희 행성이 아냐. 우리 행성이라고. 우린 너희가 여기 있는 거 원치 않아. 가버려. 꺼지란 말이야."

"그렇게 간단한 문제가 아냐."

소녀는 아무 말도 하지 않았다. 1분쯤 지났을 때, 소녀는 숨을 거두었다.

"뭐라던가요?"

램버트가 물었다. 내가 저격수 문제를 상의하러—솔직히 말하면 따지러—후시미에 있는 방위군 본부로 들어갔을 때, 램버트와 파월과 살시도는 밖에서 기다리고 있었다.

"맥스웰 대령 말로는 교토 사람들이 그 아파트 건물을 무너뜨려달라고 했다더군."

맥스웰 대령은 후시미에 주둔한 개척방위군 파견 부대 대장이었다.

"왜죠? 우리는 그들이 그걸 원치 않는다는 전제하에 작전을 수행했잖아요. 그래서 건물을 파괴하지 않으려고 그렇게 조심했는데."

"그 아파트 단지는 이 지역 반란자들의 본부였어. 더 정확히 말하자면 이 지역 반란자들의 본부가 그 아파트 단지 안에 있었지."

파월이 한마디 했다.

"결국 그 건물이 반란자 소굴이었군요."

내가 대꾸했다.

"대령은 반란자와 일반인의 비율을 밝히지 않았어. 그리고

대령의 말에서 교토 정부가 크게 신경 쓰지 않는다는 인상을
받았지. 본보기를 보이려 했던 거야."

램버트가 물었다.

"그 본보기를 보이려고 우리가 엉뚱한 사람들을 몇이나 죽인
겁니까?"

살시도가 대답했다.

"한 명도 안 죽였어."

그는 나를 보고 말했다.

"죄송합니다, 중위님. 알아보라고 하셨는데 우리가 다른 일들
도 바빠져서 미처 말씀드리지 못했어요. 일주일 전에 교토 방
위군이 그 건물에 들이닥쳐 주민들을 모두 내쫓았습니다. 그
과정에서 심문하고 위협했죠. 거기서 이 모든 폭동이 시작됐고,
우리가 진압을 거들러 온 겁니다."

파월이 끼어들었다.

"결국 전에는 모두가 반란자는 아니었지만 이제는 그런 셈이
네."

램버트가 그녀에게 말했다.

"넌 그 건물을 박살내길 원했어."

"내가 하자고 해서 그렇게 된 건 아냐. 물론 네 말이 틀리진
않지만."

파월은 나를 보고 물었다.

"그냥 건물을 무너뜨릴 생각이었으면 대체 우린 왜 투입시킨

거죠?"

"우리가 오고 나서 교토 방위군 고위 간부 중 누군가가 CDF 전함이 미사일 한 방으로 건물을 박살낼 수 있다는 사실을 떠올렸나 봐."

"우리까지 죽을 수도 있었어요."

"그들은 우리가 안전하다고 판단했겠지."

"속편한 인간들이군요."

램버트가 말했다.

"적어도 우리 뜻은 아니었습니다. 하지만 그 소녀는 우리를 몹시 증오했어요. 우리의 개입을 이미 누군가에게서 들었던 겁니다."

내가 대꾸했다.

"우리 뜻은 아니었지만, 그 영예로운 행위는 우리 전함이 했지. 그 차이는 그 소녀뿐만 아니라 어느 누구에게도 중요하지 않아. 우린 교토 정부 못지않게 이 일에 엮이고 만 꼴이야."

살시도가 내게 물었다.

"그 저격수에 대해 뭐 좀 알아내셨습니까?"

"이름은 라나 아르미조. 표준 나이 16세. 부모는 반란에 깊이 연루된 것 같아. 행적은 묘연해. 아마 죽었거나 이미 구금돼 있을 거야."

램버트가 말했다.

"결국 소녀는 반란의 순교자가 되겠군요. 정부가 아파트 단지 주민 모두를 잡아간 뒤, 소녀는 남아서 방위군 장교들을 죽이기 시작했고, 솜씨가 너무 뛰어나서 어쩔 수 없이 건물을 무너뜨려 죽였다. 멋진 이야기네요."

파월이 대꾸했다.

"개한테 좋을 건 별로 없네."

"순교자가 원래 그렇지 뭐."

살시도가 내게 물었다.

"이제 뭘 하죠?"

"이곳에서 우리 볼일은 끝났어. 사쿄와 야마시나에서 반란이 계속되고 있지만, 튀빙겐 호는 다른 임무를 수행해야 하거든. 이제 딴 사람들이 알아서 할 문제야."

램버트가 한마디 했다.

"원래 딴 사람들 문제였습니다. 하지만 이제 우리 문제이기도 하죠. 우리가 개입하는 바람에."

파월이 한숨을 내쉬었다.

"하지 마, 램버트. 오늘은 유난히 피곤하단 말이야."

"이 문제로 네가 피곤하다면 저들은 얼마나 피곤할지 생각해 봐."

PART THREE

이번에는 목요일이었다. 우리에게 시위 진압 임무가 주어졌다.

"솔직히 난 이것들이 실제로 어떻게 쓰이는지 정말 궁금해."

키예프 시(市)에 있는 개척연맹 행정청 건물 주위에 태풍 깔때기들이 설치되는 동안 램버트가 말했다.

행정청 건물은 도심 지구 안의 1헥타르 땅 한복판에 세워진 마천루였다. 이 땅은 전체가 평평한 광장으로, 커다란 추상 조각물 하나 말고는 특색이랄 것이 없었다. 최근에 대규모 시위대가 이 조각물에 모여 농성을 벌였는데, 광장에서 가장 눈에 잘 띄었기 때문이다. 개척연맹 마천루는 키예프 경찰과 CDF 병사들, 급조한 금속 바리케이드로 둘러싸여 있었다.

시위대가 당장 마천루로 돌진할 생각을 하고 있진 않지만, 아직 초기라 장담할 수 없는 상황이었다. 막연히 두고 보다가는 결국 시위대와 방어 병력이 충돌하여 양쪽 모두 사상자가 발생할 터였다. 그래서 개척연맹은 폭력적 시위 진압 대신 최신 장비를 투입하기로 결정했다. 태풍 깔때기가 그것이었다. 그중 하나가 내 분대 바로 앞에 설치되고 있었다.

이윽고 태풍 깔때기가 위로 확장되기 시작하자 파월이 말했다.

"알프호른처럼 생겼네요."

"알펜호른(알프스에서 신호용으로 부는 기다란 나무 피리―옮긴이)."

내가 바로잡아 주었다. 나는 지구에서 살 때 음악가였다.

"맞아요, 그거."

파월은 살시도를 바라보며 말했다.

"우리 중에서는 네가 무기 박사잖아. 설명해봐."

살시도는 하늘로 뻗어 올라가는 아주 긴 튜브, 이제 높이가 60미터에 이르는 나팔같이 생긴 기계를 손가락으로 가리켰다.

"저 위에서 빨아들인 공기가 밑으로 내려오면서 점점 빨라져. 그리고 곡선 구간을 지나는 동안 더 강하게 밀리면서 저쪽으로 빠져나가."

살시도는 시위대를 향해 손짓을 하며 덧붙였다.

"우리가 제한 거리를 설정하면, 시위대 중 누구라도 그 제한선을 넘으려 할 때 깔때기에서 바람이 뿜어져 나와 날려버리는 거야."

램버트가 말했다.

"재미있는 구경거리겠는걸. 하지만 이런 장비는 진짜 군중을 상대할 때는 엄청 비효율적이야. 선을 넘어보라고 부추기는 것에 불과해."

내가 대꾸했다.

"효율은 기대하지 않아. 메시지를 전하는 게 목적이지."

"무슨 메시지요? 후 하고 바람 불어서 시위를 저지하겠다는 거요?"

"그보다는 '우린 총을 쏘지 않고도 너희 시위를 철저히 망칠 수 있다.'"

램버트가 투덜거렸다.

"요즘 우린 계속 메시지만 보내는 것 같네요. 우리가 보내는 메시지와 상대가 받는 메시지가 동일한지는 잘 모르겠습니다만."

파월이 걱정스럽게 말했다.

"설마 우리가 바람에 빨려 들어가 폭도들 사이로 던져지는 건 아니겠지? 그건 생각하기도 싫거든."

살시도가 다시 위를 가리켰다.

"그래서 공기를 저 위에서 모으는 거야. 더구나 이쪽에서는 기류 감속이 일어나니 걱정 없어."

"그렇군."

"다만······."

"뭐? 다만 뭐?"

"가동 중에 너무 가까이 다가가지는 마."

파월은 살시도를 매섭게 노려보았다.

"지금 나 갖고 노는 거지? 그렇지?"

"미안, 미안. 장난이야. 가동 중에 얼마든지 바짝 붙어 서도 돼. 아무 일 없을 테니까. 절대로."

"중위님, 아무래도 살시도를 쏴 죽여야겠습니다."

"둘 다 그만해."

나는 기술자들이 설치를 마무리하는 광경을 지켜보고 있었다. 사실 그들도 거의 지켜보는 게 일이었는데, 개척방위군이 사용하는 여느 장비와 마찬가지로 이 기계도 인간의 도움을 최소화하도록 설계되었기 때문이다. 기계에게 인간은 하나같이 움직이는 불안 요소였다. 우리가 있는 곳 좌우로도 다른 태풍 깔때기들이 자동으로 전개되고 있었고, 기술자들은 옆에 서서 물끄러미 지켜보았다. 도합 24개의 깔때기들이 건물을 둥그렇게 에워쌌다.

모든 준비가 끝나자 선임 기술자가 내게 고개를 끄덕였다. 나도 그에게 고개를 끄덕인 다음, 내 쪽에 있는 깔때기 3대를 제어해 가장 가까이 서 있는 시위자들의 자리보다 10미터 더 먼 30미터를 제한 거리로 설정했다. 곧이어 나머지 깔때기들을 지키는 CDF 7개 분대로부터 가동 준비가 완료됐고 제한 거리를 30미터로 설정했다는 연락이 왔다. 이번 작전의 지휘관은 나였다. 이제 시위대가 나를 볼 수 있도록 깔때기 앞으로 나섰다. 곧바로 시위자들에게서 야유가 터져 나왔다. 상관없었다.

"주목하십시오, 시위대 여러분."

바로 뒤에 있는 깔때기가 내 목소리를 엄청나게 증폭시켜서 주목을 끌지 않을 수가 없었다. 깔때기 가까이 서 있던 나는 미리 뇌도우미로 청각 볼륨을 잠시 줄여놓지 않았다면 귀가 먹었을 것이다.

"저는 개척방위군의 헤더 리 중위입니다. 1분 후 이 건물 주위의 접근 제한 거리를 30미터로 정할 것입니다. 여러분이 자발적으로 협조해주신다면 깊이 감사드리겠습니다."

시위대의 반응은 내가 예상한 그대로였다.

"좋을 대로 하십시오."

나는 깔때기 뒤로 물러나 분대원들에게 지시했다.

"청각 볼륨 줄여."

그러고는 키예프 경찰 지휘관에게 고개를 끄덕였다. 그가 모든 부하들에게 깔때기 뒤로 후퇴하라고 소리치자, 경찰들이 금속 바리케이드를 들고 뒤로 물러났다. 시위대가 환호성을 지르고 전진해 오기 시작했다. 나는 깔때기들을 가동했다.

깔때기에서 쏟아져 나오는 바람의 풍속이 시속 0킬로미터에서 50킬로미터가 되기까지 3초쯤 걸렸다. 상황을 파악한 시위대는 더욱 맹렬히 전진해왔다. 다시 3초가 지나자 깔때기의 바

람이 시속 100킬로미터로 불었다. 다시 5초 뒤에는 시속 150킬
로미터가 되었다. 이 풍속에 이르자, 고막이 찢어질 것 같은 끔
찍한 소음도 터져 나왔다. 시위대를 해산시키기 위한 장치였다.
나는 청각 볼륨을 살짝 높여 들어보았다.

아주 낮은 E음이었다.

살시도가 우리 분대 뇌도우미 채널을 통해 말했다.

이게 엄청 시끄럽다고 내가 말했던가?

시위대는 밀리지 않으려고 발버둥 쳤지만 소용없었다. 몇몇
시위자들은 깔때기를 향해 던진 물병과 온갖 잡동사니가 곧바
로 방향을 바꿔 자신에게 날아오자 깜짝 놀랐다. 기본적인 물
리학 정도는 알고 시위에 나섰으면 좋았을 것을.

끝까지 버티던 일부 시위자들이 30미터 제한선 뒤로 밀리자
깔때기의 바람이 시속 30킬로미터로 떨어지고 낮은 E음도 사
라졌다. 시위대는 웅성거리면서 성난 고함을 질러댔다. 더 이상
필요 없어진 키예프 경찰은 행정청 건물 안으로 들어가 옥상에
서 비행정을 타고 철수했다.

그 후 한 시간 동안 이따금 시위자 한두 명이 깔때기 바람에
밀리기 전에 바리케이드에 닿으려고 돌진해 왔다. 물론 결과는
매번 똑같았다.

방금 또 한 명이 바람에 날려가자 램버트가 말했다.

"저거 재미있어 보이는걸."

내 뇌도우미가 그의 목소리를 증폭시켜주었다. 곧이어 파월

의 목소리도 들렸다.

"꼭 그렇지는 않은 것 같은데."

파월은 시위자의 머리가 콘크리트 바닥에 부딪친 자리에 길게 뻗은 붉은 자국을 가리켰다.

"음, 저건 재미없어 보이는군."

그때 살시도가 시위대를 가리키며 내게 말했다.

"대장님, 저들이 뭔가 하려나 본데요."

나는 그쪽을 바라보았다. 멀리서 시위대가 양쪽으로 갈라지면서 자동차 한 대가 앞으로 나오고 있었다. 내 뇌도우미로 자료를 찾아보니, 이 행성에서 생산하는 대형 트럭이었다. 대개 뒤에 달고 다니는 트레일러가 이 트럭에는 달려 있지 않았다. 트럭이 점점 앞으로 나오자 시위대가 환호성과 함성을 지르기 시작했다.

램버트가 물었다.

"어째서 경찰이 지금껏 뒤에서 저걸 막지 않았죠?"

내가 대답했다.

"우리가 집으로 보냈으니까."

"여기가 그들 집이잖아요. 믿을 수가 없네요. 적어도 키예프 경찰 일부는 계속 근무해야 하는 거 아닙니까?"

나는 살시도에게 물었다.

"이게 저 트럭도 막을 수 있나?"

"깔때기들 말입니까?"

"응."

"중위님, 이 아기들은 시속 300킬로미터까지 바람을 내뿜을
수 있습니다. 트럭을 막을 수 있냐고요? 아예 집어 던져버릴 겁
니다."

램버트가 끼어들었다.

"시위대 한가운데로 날려버리겠군."

"그렇겠지. 물론 용케 바람에 날려가지 않은 시위자들한테.
아마 단단히 고정시켜놓지 않은 건 죄다 공중으로 날아갈걸.
어쩌면 고정시킨 것도 날아갈지 몰라."

살시도는 광장에 있는 조각물을 가리키고 덧붙였다.

"최대 풍속에 이르면 저것도 멀쩡하기 어려울 거야."

"아무래도 이건 썩 좋은 방법이 아닌 것 같은데."

이제 시위대 앞에 선 트럭이 우리를 겁주려는 듯 전조등을
번쩍이기 시작했다. 시위대가 환호성을 질렀다.

살시도는 내가 검색했던 제조업체 정보를 확인하고 말했다.

"개조한 차량이 아니라면, 표준 전기 엔진이 들어간 저 정도
크기의 트럭은 충분한 속력에 도달하기까지 몇 초 걸릴 겁니
다."

트럭 운전사가 경적을 울렸다. 태풍 깔때기의 소음 못지않게
시끄러웠다.

램버트가 중얼거렸다.

"흥미진진하겠군."

운전사가 정지 상태로 페달을 밟자 트럭 바퀴가 돌면서 끼이익 하는 소리가 났다.

내가 말했다.

"파월."

그리고 동시에 메시지를 보냈다.

파월이 발사한 로켓이 트럭 엔진 칸에 박혀 폭발하자, 배터리가 박살이 나면서 트럭 앞부분에서 불길이 치솟고 펑 하는 굉음과 함께 보닛이 날아갔다. 충분한 속력에 도달하기 전에 동력을 잃은 트럭은 조금 전진하다가 고작 몇 미터 앞에서 멈춰 섰다. 운전석에서 뛰어내린 운전사가 달아나자, 다른 많은 시위자들도 오늘 시위는 끝났다고 판단했다.

여전히 트럭 근처에 서 있던 몇몇 사람들은 이제 뭘 해야 좋을지 몰라 망설이는 눈치였다. 파월의 로켓이 또 트럭에 명중했다. 이번에는 텅 빈 운전석이 박살나면서 폭발했다. 마치 불꽃놀이 같았다. 남아 있던 시위자들도 집에 갈 시간이라고 판단했다.

내가 말했다.

"고맙네, 파월."

그녀는 자신의 MP 소총을 꼭 안고 말했다.

"기다리느라 심심했지?"

"저것들은 결코 장기적인 해결책이 못 돼, 안 그래?"

램버트는 5층 아래 내려다보이는 태풍 깔때기들을 고갯짓으로 가리켰다. 지금 우리가 있는 회의실은 경비 임무를 위해 파견된 개척방위군의 휴게실로 개조한 방이었다.

파월이 대꾸했다.

"한밤중인데도 시위대는 여전히 밖에 진을 치고 있어. 저 깔때기들이 한동안 쓸모가 있을 거야."

"이 건물에서 일하는 개척연맹 직원들만 출근하기 어려워져."

살시도가 한마디 했다.

"다들 재택근무 하겠지 뭐."

램버트는 시위대를 돌아보고 툴툴댔다.

"그래. 나라도 그러겠다."

파월이 내게 물었다.

"여기 얼마나 더 있어야 합니까?"

"기술자들이 키예프 경찰에게 저 장비의 사용법을 가르쳐주고 있어. 이틀 정도 더 있어야 할 거야."

"그 후에는요? 다음 행성에 가서 또 시위를 진압하거나 건물을 박살내는 건가요?"

램버트가 끼어들었다.

"넌 교토에서 그 건물 박살내고 싶어 했잖아."

파월이 램버트를 노려보며 대꾸했다.

"누가 아니래? 오늘 트럭을 로켓으로 박살낸 것도 좋아. 안 그랬으면 내가 다쳤거나 죽었을지도 모르니까. 다 좋아."

파월이 다시 나를 보고 투덜댔다.

"하지만 이런 일 하려고 입대한 건 아니에요."

살시도가 대꾸했다.

"엄밀히 따지자면, 넌 입대할 때 앞으로 네가 무슨 일을 할지 몰랐어. 우리 모두 마찬가지지. 우리가 알았던 건 지구를 떠난 다는 사실 뿐이야."

"아예 개척연맹 변호사로 나서지그래. 하지만 중위님은 내 말뜻을 아실 거야."

램버트가 맞장구쳤다.

"파월 말이 맞습니다. 개척연맹에 반발하는 자들을 진압하는 작전이 벌써 연속 세 번째라고요."

내가 말했다.

"이런 임무는 우리가 늘 해오던 일이야. 자네들 셋이 오기 전에 나는 튀빙겐 호를 타고 종 구오 행성의 반란을 진압하러 갔어. 거기 주민 일부가 지구와 손잡으려는 음모를 꾸몄거든."

살시도가 물었다.

"자기들 뜻을 지구에 알렸나요?"

"그건 아니었을 거야."

나는 창밖의 시위대를 가리키며 말을 이었다.

"내 말의 요점은 이런 일이 우리 임무라는 거야. 여러 임무 중 하나지."

램버트가 툴툴댔다.

"네, 하지만 연속 세 번이잖아요."

"그게 어때서?"

"중위님은 이런 적 있습니까? 지금껏 말이에요."

"아니."

"개척방위군에 얼마나 계셨죠? 6년?"

"7년 3개월."

파월이 끼어들었다.

"중위님도 날짜 세시는군요."

"안 그러면 시간관념이 흐려지니까."

나는 다시 램버트를 보고 말했다.

"그래, 맞아. 정상적이진 않지."

"그게 짜증나지 않습니까? 잠깐만요, 표현이 부적절했습니
다. 제 말은, 심각한 문제라고 생각하지 않으시냐는 겁니다. '아
무렴 어때'라는 사고방식의 여왕인 우리 친구 파월이 이런 임
무에 지칠 정도면 문제가 있는 겁니다."

파월이 반박했다.

"지쳤다고는 안 했어. 이런 일 하려고 입대한 게 아니라고 했
지."

램버트가 이죽거렸다.

"네 머릿속에서는 그 둘이 구분되나 보구나."

"물론이지. 난 이런 일 지겹지 않아. 쿨쿨 자면서도 할 수 있

다고. 하지만 내가 할 일이라고는 생각하지 않아. 우리를 죽이려드는 외계인 놈들을 쏴 죽이는 게 내 일이란 말이야."

살시도가 맞장구쳤다.

"지당하신 말씀."

파월은 손으로 창밖을 가리키며 말했다.

"여기서 우리가 하는 일이 솔직히 우리랑 무슨 상관이야? 저 인간들은 시위대야. 그래서 뭐? 맘껏 시위하라고 해. 개척연맹과 작별하고 싶다면 내버려 두란 말이야."

내가 지적했다.

"다른 종족들이 이 행성 주민들을 쓸어버리려고 들이닥치면 자네 일이 더 힘들어질 거야."

"아뇨, 그럴 리 없어요. 왜냐하면 저들은 더 이상 개척연맹 식구가 아니니까요. 뒈지건 말건 상관없어요."

램버트가 또 빈정거렸다.

"내가 너의 그 열렬한 부도덕성을 얼마나 좋아하는지 말한 적이 있던가? 존경스러울 지경이라니까."

파월이 맞받아쳤다.

"부도덕한 게 아냐. 저들이 개척연맹의 일부라면 난 저들을 지킬 거야. 그게 내 일이니까. 저들이 자기 갈 길을 가고 싶다면, 좋아. 그걸 막는 건 내 일이 아냐. 그리고 외계인들이 저들을 구렁텅이에 처넣으려 한다면 그것도 막지 않을 거야."

살시도가 말했다.

"어쩌면 그게 필요할지도 몰라. 이런 행성들 중 하나가 홀로 떨어져 나갔다가 완전히 개박살나면 나머지 행성들은 찍소리 못 할 테니까."

램버트는 고개를 저었다.

"그게 바로 문제야. 안 그래? 이런 행성이 하나가 아니거든. 굉장히 많아. 그것도 동시에."

"그 뭐냐, 이퀼리브리엄이라는 집단 때문이야. 놈들이 별안간 나타나 이상한 정보를 흘려서 그래."

파월이 물었다.

"그게 왜?"

"뻔하잖아. 그 정보 때문에 수많은 행성들이 하루아침에 들고 일어난 거지."

램버트가 반박했다.

"하루아침에 들고 일어난 게 아냐. 교토에서 일어난 반란은 오래전부터 무르익었어. 그리고 방금 중위님이 1년 전에 진압하러 가셨다는 반란은…… 음, 어디였죠?"

내가 대답했다.

"종 구오."

"감사합니다. 이퀼리브리엄 때문에 상황이 분명해졌을지는 모르지만, 놈들은 이미 오래전부터 싹터온 불화를 이용하고 있어."

이제 파월은 이 대화가 지겨운 눈치였다.

"그렇다면 개척연맹이 이런 상황을 수년 전부터 대비했어야지. 하지만 그러지 않았어. 덕분에 지금 우리와 튀빙겐 호의 모든 동료들이 한심한 내분 따위를 처리하러 이 행성 저 행성 전전하는 거잖아. 멍청하고 소모적인 짓이야."

램버트가 반박했다.

"아니, 타당해."

"또 뭔 소리야? 어째서?"

"우린 이 행성과 아무 연관이 없어. 교토와도 연관이 없지. 프랭클린과도 마찬가지고. 우리는 그 어떤 개척행성과도 무관해. 원래 지구 출신이니까. 따라서 필요하다면 부담 없는 우리를 시위 진압에 투입하는 편이 타당하지."

살시도가 한마디 했다.

"우린 그 일을 키예프 경찰에게 넘길 거야."

"그렇지. 힘든 부분은 우리가 처리한 뒤에. 그게 우리 일이야. 힘든 부분 처리하기."

"하지만 방금 넌 이게 장기적인 해결책이 아니라고 했잖아."

살시도는 깔때기들을 가리키고 말을 이었다.

"결국 힘든 부분은 여전히 남아 있고, 우리가 또 오게 될 거란 뜻이야. 아니면 우리 같은 부대가."

"그래. 재미있는걸. 내가 몇 주 전에 근본 문제가 해결되지 않았다는 소리 했다가 너희한테 '뭔 상관이냐'는 핀잔 세례를 받았던 기억이 나는군. 괴상망측한 피자 노래나 흥얼거리고 말이야."

"멋진 노래야."

"어련하시겠어."

파월은 하던 이야기로 화제를 돌렸다.

"어쨌든 내 말은 우리 일이 점점 더 한심해진다는 거야. 이게 지금 우리가 할 일이라면, 좋아. 하지 뭐. 그래도 난 외계인 죽이는 게 더 좋아. 다들 같은 생각일 거야."

살시도가 내게 말했다.

"틀린 말은 아닙니다."

램버트는 고개를 끄덕였다.

"네, 맞는 말이죠."

나는 짧게 대꾸했다.

"나도 알아."

PART FOUR

금요일.

램버트가 말했다.

"근본적인 문제. 내가 그 이야기를 할 때마다 다들 나를 비웃었지? 지금 우리가 어디 있는지 봐. 또 다른 개척행성이야. 또 다른 반란. 다만 이번 행성은 이미 독립을 선언했지."

하르툼 행성의 대기권을 통과하는 동안 셔틀이 몹시 흔들렸다. 러스 행성에서 그랬던 것처럼, 이번에는 우리 네 명만이 아니라 소대 전체가 투입되었다. 이번 임무는 시위 진압이 아니었다. 하르툼 행성의 수상을 체포하는 것이 목적이었다. 이 행성의 독립을 선언한 그는 군중을 부추겨 개척연맹 건물들을 점령하게 한 뒤, 자신은 측근들을 데리고 비밀 장소로 은신했다. 아마도 개척연맹이 그를 썩 좋게 보지 않을 거라고 짐작했을 것이다.

실제로 개척연맹은 그를 좋게 보지 않았다. 엄밀히 따지자면 독립 선언에 동조한 그의 내각 전체를 못마땅하게 여겼다. 중요한 것은 그 선언이 의회의 비준 절차를 거치지 않았다는 점이다.

램버트의 말이 이어졌다.

"프랭클린 행성에서 교훈을 얻은 거지. 이번에는 우리가 선수를 치기 전에 해치운 거야."

램버트 옆에 앉은 살시도가 지적했다.

"그러면 독립 선언이 불법 행위가 돼."

"어차피 불법이야. 합법적인 독립을 개척연맹이 인정할 리 없으니까. 따라서 굳이 표결에 부칠 이유가 없었지."

"하지만 이제는 그들의 행정 절차상으로도 불법이잖아."

"아니. 수상이 내각으로 하여금 비상 지휘권 발동을 승인하게 하고 현 정부를 해산했어. 따라서 지극히 합법적이지."

파월이 한마디 했다.

"스스로 무덤을 판 꼴이로군."

나와 함께 맞은편에 앉아 있는 그녀는 램버트와 살시도에게서 조금 떨어져 있었다. 살시도가 대꾸했다.

"걱정 마. 그 친구는 괜찮을 거야. 비밀 장소에 숨어 있으니까."

"지금 우린 거기로 가고 있어. 고공 낙하에 이은 파괴 작전을 수행하러."

내가 임무를 다시 상기시켰다.

"우린 아카다 수상을 생포해야 된다."

그러자 파월이 정정했다.

"고공 낙하와 납치에 이은 파괴 작전."

램버트가 내게 말했다.

"그렇다면 우리가 그 비밀 장소를 어떻게 아는지 궁금한데요."

"오카다가 수상으로 취임한 이후 그의 혈액 속에 나노 발신기가 들어갔거든."

"오카다는 그 사실을 모르나 보군요."

"그럴 거야."

"나노 발신기가 어떻게 그자의 몸속에 들어갔는지 여쭤봐도 될까요?"

"몰라. 굳이 짐작하자면, 언젠가 오카다가 개척연맹 건물에서 식사를 할 때 그가 먹은 음식을 통해 들어갔을 거야."

"개척연맹을 의심하지도 않았단 말인가요? 왜 그랬을까요?"

파월이 눈알을 뱅글뱅글 돌리며 투덜댔다.

"또 시작이군."

"조롱하고 싶으면 얼마든지 해."

그 순간 램버트 뒤에서 셔틀에 구멍이 뚫렸다. 램버트는 순식간에 하르툼 행성의 초고층 대기로 빨려 나갔고, 살시도뿐만 아니라 그들 양쪽에 있던 대원들까지 셔틀 밖으로 내동댕이쳐졌다. 급격한 감압과 셔틀 손상을 감지한 전투복이 즉각 마스크로 내 얼굴을 덮고 셔틀 안에 남은 공기에서 산소를 뽑아내기 시작했다. 그와 동시에 소대장인 나는 셔틀 시스템에 연결되었다. 물론 내가 이미 아는 정보뿐이었다. 셔틀이 피격되어 통제 불능 상태로 추락한다는 것이었다.

나는 두려움을 억누르고 피해 상황에 집중했다. 조종사는 셔틀이 빙글빙글 돌지 않게 하려고 망가진 시스템과 사투를 벌이고 있었다. 셔틀 측면에 점점 커지는 구멍으로 빨려 나간 병사 4명. 즉사했거나 치명상을 입은 병사 5명. 아직 살아 있는 중상자 5명. 그리고 멀쩡한 병사 15명과 나.

셔틀이 추적당하고 있다는 경고가 떴다. 누군지는 몰라도 적의 공격은 아직 끝나지 않았다.

나는 뇌도우미로 셔틀을 제어해 문이 열리도록 했다. 그리고 소대 채널로 지시를 내렸다.

모두 당장 탈출한다.

뇌도우미가 만들어낸 내 목소리는 현실의 나보다 침착하게 느껴졌다.

우리 모두 이미 셔틀에서 뛰어내릴 복장을 하고 있었다. 예정보다 일찍 뛰어내리게 됐을 뿐이다.

분대별로 나간다. 출발.

남은 소대원들이 문밖으로 몸을 던지기 시작했다. 파월과 나는 미적대는 자들에게 고함을 지르며 끝까지 남았다. 조종사는 셔틀을 안정시키려고 최선을 다했다. 파월과 내가 문밖으로 뛰어내리자마자, 일종의 운동 에너지탄(폭약 없이 순전히 운동에너지만으로 표적을 타격하는 탄약—옮긴이)이 셔틀을 갈기갈기 찢었다. 나는 재빨리 조종사에게 신호를 보냈다. 응답은 없었다.

중위님. 아래를 보십시오.

내게서 100미터쯤 떨어진 파월이 레이저 통신(무선 전파 대신 레이저를 이용한 통신—옮긴이)으로 메시지를 보냈다.

밑을 내려다보니, 저녁 하늘 위로 발사되는 광선들이 반짝거렸다. 하지만 대기권까지 올라오지 않았다. 내 밑에 있는 점들을 없애고 있었다.

내 부하들을 맞히고 있었다. 그들을 죽이는 것이었다.

완전 위장 상태로 불규칙하게 낙하해.

나는 아직 살아 있는 대원 모두에게 소대 채널로 지시했다. 그런 다음 내 전투복에게 나를 밀폐하라고 명령했다. 이제 통신은 완전히 단절되었고, 나는 거의 대기권의 구멍 같은 상태가 되었다. 전투복의 위장 기능은 나를 시각적으로 감춰줄 뿐만 아니라, 내게로 날아오는 모든 전자기파를 흐트러뜨려 나를 조준하는 무기의 수신기로 되돌아가지 못하게 한다. 또한 전투복 표면에 작은 날개 같은 것이 나왔다 들어갔다 하면서 불규칙한 움직임을 만들어내 추락 속도와 방향에 변화를 줌으로써 적이 나를 조준하기 더욱 어렵게 한다. 내 지시를 들은 모든 소대원이 지금 그렇게 하고 있었다.

불규칙 낙하는 갑작스러운 움직임과 급회전이 반복되기 때문에 보통 사람이라면 죽을 수도 있었다. 내 전투복은 목을 비롯한 모든 관절 부위에서 경화되어 부상 가능성을 최소화했다. 물론 그런다고 안에서 통증을 느끼지 않은 건 아니었다. 하지만 그 목적은 편안함이 아니었다. 죽지 않게 해주는 것이었다.

문제는 또 있다. 전자기파를 분산시키는 위장을 하면 장님 신세가 된다. 위장 기능을 켜기 전까지 수집한 정보에 의지해 추락하는 것이다. 그사이 뇌도우미는 이 정보를 바탕으로 낙하 속도와 모든 방향 전환을 감안해 현 위치와 낙하 거리를 계산하여 지속적으로 내게 알려준다. 지상에서 1클릭 상공에 다다르면 위장 기능이 외부 영상을 보여주게 된다. 마지막 낙하 진로를 판단하고 계획할 시간을 주는 것이다.

물론 에러가 하나라도 발생하면 지상에 충돌하기 직전에 땅을 보게 될 터였다. 혹은 아예 땅을 보지 못하거나. 그냥 갑자기 쿵 하고 부딪치는 것이다.

또한 적의 레이저가 나를 발견했는지 여부도 내가 타 죽기 전까지는 알 수 없었다.

요컨대 부득이한 상황이 아니라면 완전 위장 불규칙 낙하는 삼가는 게 좋다. 하지만 지금은 그런 상황이다. 나와 내 소대원 모두가.

더구나 우리는 추적을 피하려고 통신을 끊은 채 사방으로 흩어져 착륙하게 될 터였다. 앞서 임무 브리핑에서 나는 문제가 발생할 경우 대체될 집결 장소를 전 소대원에게 알려주었다.

하지만 셔틀이 고고도에서 지상으로부터 공격받은 데다 우리가 불규칙 낙하를 했기 때문에, 남은 소대원들은 반경 100클릭에 이르는 지역에 뿔뿔이 흩어질 공산이 컸다. 그러면 착지 후에 각자 따로 떨어져 적에게 사냥당할 것이 뻔했다.

낙하하면서 몇 분 동안 이 모든 것을 생각했다.

방금 벌어진 일에 대해서도 생각해보았다. 한마디로 우리 셔틀이 하르툼 행성 대기권에서 격추당할 까닭이 없었다. 여느 개척연맹 행성과 마찬가지로 하르툼도 외계 종족의 침공을 저지할 방어 체계를 갖추고 있었다. 하지만 최근에 우리가 들른 프랭클린이나 여타 행성들처럼 이곳의 방어 시스템도 개척연맹이 설계하고 운영했다. 설령 그런 시설이 하르툼의 폭도 무리에게 점령당해 개척연맹 소속 운영자들이 달아났다 해도, 겹겹의 보안 장치 때문에 멋대로 무기를 가동할 수는 없었다. 개척연맹 소속 운영자들이 폭도 편으로 돌아서지 않았다면—물론 그럴 가능성은 낮지만—이건 다른 누군가의 공격이었다.

의문은 또 있었다. 튀빙겐 호는 셔틀의 추락을 감지하고 지상으로부터의 공격을 경고하면서 우리를 보호해줬어야 마땅하다. 그러지 않았다는 것은 다른 일로 바빴다는 뜻이었다. 즉 행성 표면으로부터 공격을 받았거나 적함과 교전을 벌였을 것이다. 두 경우 모두 당연히 개척연맹의 공격은 아니었다.

이 추측이 맞다면, 몇 가지 사실이 분명해진다. 하르툼 행성에서 벌어지고 있는 일은 단순히 독립 문제만이 아니었다. 개척연맹의 적들과 손을 잡은 것이었다. 함정을 파놓고 우리를 기다린 것이다. 튀빙겐 호를 노린 함정은 아니었다. 누가 이 음모를 꾸몄는지는 몰라도 그자가 개척방위군 전함 중에서 어떤 전함이 올지는 알 수 없었다. 튀빙겐 호와 셔틀, 그리고 우리 소대는 우연히 이번 임무에 투입되었다. 따라서 이건 개척연맹을 노린 함정이었다.

하지만 왜, 무슨 목적으로?

외부 영상이 눈앞에 떴다. 지상에서 1클릭 상공에 다다른 것이다. 멀리 문명 세상이 있음을 알려주는 불빛들이 보였다. 내바로 밑에는 수풀이 우거진 어두컴컴한 언덕 지대가 펼쳐져 있었다. 나는 최대한 오래 기다렸다가 나노봇을 방출했다. 나노봇 낙하산이 넓게 펼쳐져 바람을 잡자 추락 속도가 급감했다. 나는 땅에 세게 부딪치면서 데굴데굴 구르다 멈췄다. 잠시 그대로 누워 숨을 고르며 하늘을 쳐다보았다. 밤이었다. 유전공학으로 강화된 내 눈은 어두운 숲속에서 이 지역의 모든 별자리를 볼 수 있었다. 그중 몇 개를 살펴보고 시간과 날짜, 현재 위치를 계산해냈다.

뇌도우미를 이용해 튀빙겐 호에서 보내는 신호가 없는지 확인했다. 적에게 발각될 수도 있기 때문에 내가 연락할 수는 없지만, 나 같은 생존자들에게 유용한 정보를 모선에서 보내고 있을지도 몰랐다.

아무 신호도 없었다. 느낌이 좋지 않았다.

나는 위장 기능을 끄지 않고 일어서서 멀리 불빛이 보이는 곳으로 걸어갔다. 이번 임무를 위해 뇌도우미에 입력해둔 지상 지도 데이터를 영상으로 옮겨 하늘에 떠 있는 별들의 위치와 비교했다. 지금 내가 있는 곳은 하르툼의 수도인 옴두르만 외곽에 솟아 있는 작은 산이었다. 수도 지구에서 남동쪽으로 45클릭, 수상이 숨어 있는 '비밀 장소'에서 남쪽으로 38클릭, 그리고 현재 우리 소대 생존자들이 향하고 있을 대체 집결 지점에서 남서쪽으로 23클릭 떨어진 곳이었다.

하지만 지금 내 관심사는 그것들이 아니었다. 나는 지난 한시간 동안의 영상 기록을 눈앞에 띄우고 내 부하 한 명을 조준한 광선의 영상을 찾아낸 다음, 그 정보를 내 추락 데이터와 조합해 그 광선을 발사한 것의 위치를 추적했다.

거의 정북 방향으로 16클릭 떨어진 곳이었다. 버려진 저수지 근처에 있는 또 다른 작은 산이었다.

"딱 걸렸어."

나는 구덩이에 빠지지 않도록 야간 투시 기능을 최대로 높이고 표적을 향해 달리기 시작했다. 그러는 동안 램버트나 살시도, 파월, 혹은 우리 소대원들을 생각하지 않으려고 뇌도우미로 음악을 틀어놓았다.

그들 생각은 나중에 하기로 했다. 나중에 애통해하기로 마음먹었다. 지금 당장은 그들을 쏴 죽인 자를 찾아내야 하니까.

———————

표적까지 6클릭쯤 남았을 때, 뭔가가 내 발을 걸어 나를 땅바닥에 쓰러뜨렸다. 나는 곧바로 몸을 굴려 옆으로 벗어났지만 어리둥절했다. 내 위장 기능은 여전히 켜져 있는데, 나를 넘어뜨린 것이 어디에도 보이지 않았기 때문이다. 유령이 나를 밀친 것 같았다.

중위님.

나는 그 목소리가 내 귀가 아니라 뇌도우미를 통해 들렸다는 것을 곧 깨달았다.

중위님 바로 앞입니다. 레이저 통신으로 말씀하세요. 우리가 여전히 추적당하고 있을지도 모르니까요.

파월?

나는 레이저 통신으로 믿지 못하겠다는 듯이 말했다.

네.

파월이 자신의 전투복에 대한 시각 승인을 보내자, 내 뇌도우미가 그녀의 몸을 형상화했다. 정말로 내 바로 앞 1미터 떨어진 곳에 있었다. 나도 그녀에게 똑같이 승인을 보냈다.

파월이 말했다.

발 걸어 죄송합니다.

내가 물었다.

어떻게 한 거야? 내가 거기 있다는 걸 무슨 수로 알았지?

음악을 듣고 계셨죠?

응. 그게 뭐?

노래를 흥얼거리며 달리셨습니다.

맙소사.

모르셨어요?

몰랐어. 하지만 놀랍지는 않아. 내가 음악가로 살 때, 공연장에서는 늘 내 마이크를 꺼놨지. 내가 연주하면서 노래를 흥얼거리곤 했거든. 난 현악기라면 뭐든 연주할 수 있지만 노래 실력은 형편없어.

그런 것 같더라고요.

파월의 말에 나도 모르게 씩 웃었다. 파월은 남동쪽을 손짓으로 가리켰다.

저쪽에서 이리로 오고 있는데, 몇 클릭 뒤에서 중위님 노랫소리가 들리더라고요. 중위님이 맞는지 확인하려고 기다렸습니다.

굳이 발 걸지 않고 레이저 통신을 해도 됐을 텐데.

이 방법이 더 안전해 보였거든요. 중위님이 땅에 쓰러지면, 놀라서 소총으로 수풀을 쏴댈 가능성이 낮아지니까요.

일리가 있어. 그나저나 어째서 이리로 왔지? 집결 지점은 이쪽이 아닌데.

아니죠. 하지만 우리를 격추시킨 놈들이 이쪽에 있습니다.

나는 또 빙그레 웃었다.

자네가 그렇게 말하는 건 전혀 놀랄 일이 아니지.

물론이죠. 저 역시 중위님을 여기서 만난 게 놀랍지 않습니다.

그래, 맞는 말이야.

이제 가볼까요?

그러지.

우리 둘 다 일어섰다.

분명히 말씀드리지만, 저는 우리 눈에 띄는 자들을 한 놈도 남김없이 죽일 생각입니다.

심문해야 하니까 한두 명은 생포해야 돼.

중위님이 정하세요. 어떤 놈을 생포할지 미리 말씀만 해주십시오.

알았어. 하나만 묻겠네, 파월.

뭔데요, 중위님?

지구에서 자넨 무슨 일을 했나? 난 그게 늘 궁금했어.

플로리다 주 탤러해시에서 중학교 수학을 가르쳤습니다.

음, 뜻밖인걸.

장난이 아닙니다. 38년 동안 줄곧 돌대가리 꼬맹이들에게 대수학을 가르친다고 상상해보세요. 선생 노릇 하면서 화병만 쌓이지 않았더라면 아마 십 년은 더 살았을 겁니다.

일이란 게 다 그렇지. 준비 됐나?

물론입니다. 살짝 분노가 끓어오르는군요. 물론 선생질에 대한 분노는 아닙니다.

음, 결코 좋은 상황이 아닌데요.

파월이 내게 말했다.

우리 둘은 여전히 완전 위장 상태로 엎드린 채, 200미터 떨어진 곳에 있는 거대한 콘크리트 평판을 지켜보고 있었다. 버려진 저수지 기슭에 자리 잡은 그 평판 위에는 미사일 발사대 2기와—그중 하나는 전자기 매스 드라이버(전자기력을 이용해 물체를 고속으로 쏘아 올리는 장치—옮긴이)였다— 레이저포 2기가 있었다. 미사일 발사대 하나는 미사일이 두 개 비었는데, 옆에 있는 기술자 둘이 새로 장착할 미사일을 끌어다 놓았다. 이들 기술자는 인간이 아니었다.

파월이 투덜거렸다.

빌어먹을 르레이. 저놈들이 여기서 뭘 하는 걸까요?

개척연맹 셔틀을 격추하고 있지.

어째서요? 애초에 저놈들이 어떻게 이 행성에 내려왔죠?

내가 대답했다.

아마 누가 초대했을 거야.

수상이라는 작자가 말입니까? 아무래도 그자를 두 번 쏴야겠는데요.

우린 여전히 그를 생포해야 돼.

죽인다고는 안 했습니다. 두 번 쏘겠다고만 했죠.

그 전에 먼저 여기서 할 일에 집중해.

좋습니다. 어떻게 하실 생각입니까?

나는 다시 적의 기지를 살펴보았다. 무기 발사대 4기에는 각각 르레이 기술자와 운영자가 네 명씩 붙어 있었다. 그리고 발사대마다 따로 전력원이 있었는데, 그중 제일 큰 것은 대량의 에너지가 필요한 전자기 매스 드라이버에 연결되어 있었다. 이들 발사대는 간격이 일정하지 않은 것으로 보아 서둘러 설치했고 마찬가지로 서둘러 철수하려는 듯했다. 실제로 발사대 뒤쪽에는 그것들을 싣고 떠날 커다란 트럭 네 대가 있었다. 이들보다 작은 다섯 번째 트럭도 눈에 띄었는데, 그 위에는 다양한 통신 안테나들이 솟아 있었다. 트럭 차창을 통해 안에 있는 르레이 여러 명이 보였다. 사령과 통신을 담당하는 트럭이었다. 마지막으로 기지 둘레에 소총을 들고 서 있는 르레이 병사 두 명이 보였다. 경비병이었다.

내가 파월에게 말했다.

르레이가 24명쯤 보이는군.

제가 세어본 바로도 그렇습니다.

최소한 둘은 생포해야 돼.

알겠습니다. 특별히 원하시는 놈이라도?

사령과 통신 담당자들은 일단 숨은 붙어 있게 해.

분부대로 합죠.

자네는 경비병들과 트럭을 처리하고 사령 트럭의 전원을 끊어.

무기를 소지한 자들도 더러 있을 겁니다.

무기를 쓸 시간을 주지 마.

죽이지 말라고 하셨잖습니까?

숨은 붙어 있게 하라고 했지.

아, 알겠습니다. 그러면 일이 한결 수월하죠.

무기 발사대에 있는 놈들은 내가 처리하겠어.

머릿수가 꽤 되는데요.

방법이 있거든.

네? 무슨 방법입니까?

이런 방법이지.

나는 내 소총을 입자 광선포로 전환한 다음, 무기 발사대의 르레이 놈들이 새로 장착하고 있는 미사일 하나를 겨냥해 쏘았다. 표적은 탄두가 아니라 연료통이었다.

연료통이 축제의 불꽃놀이처럼 폭발하면서 발사대와 미사일이 박살났고, 그 옆에 있던 다른 발사대들까지 폭발하게 했다. 물론 근처에 있던 르레이들도 모조리 죽었다. 기지는 아수라장으로 변했으며, 운 나쁘게 밖에 나와 있던 르레이들은 모두 비명횡사했다. 다행히도 우리는 여전히 마스크를 쓰고 있었다. 안 그랬으면 엄청난 폭발음에 고막이 찢어졌을 것이다.

숨어 있던 파월이 소리 내어 말하며 일어섰다.

"그러실 줄 알았습니다."

내가 물었다.

"저들 눈에 띌까 봐 걱정되지 않나?"

"중위님, 지금은 저놈들이 저를 봐줘야 할 때입니다."

파월은 소총을 쳐들고 성큼성큼 걸어갔다.

나는 빙그레 웃고 그대로 웅크린 채 적의 기지에서 다시 움직이는 르레이가 있는지 살폈다. 이따금 한두 놈이 움직였다. 나는 그들이 더 이상 움직이지 못하게 했다.

나직하고 둔탁한 소리가 들려왔다. 파월이 사령 트럭의 전원을 끊은 것이었다. 그녀가 기지를 가로질러 트럭 쪽으로 가면서 운전수들을 사살하는 모습이 보였다. 파월 뒤에서 르레이 트럭 운전수 하나가 무기를 집어 들고는 트럭을 돌아 그녀를 쏘려 했다. 내가 놈을 처리하고 파월에게 메시지를 보냈다.

자네 한 놈 놓쳤어.

파월의 답신이 왔다.

거기 있는 줄 알고 있었습니다. 중위님이 거기 계신 것도 알고 있었고요.

사령 트럭 뒷문에서 르레이 한 놈이 나왔다. 파월이 놈의 다리를 쐈다. 놈은 깩깩대면서 쓰러졌다.

두 놈은 살려둬.

놈들의 반응에 달렸죠.

파월이 트럭으로 다가가 신음한 르레이를 일으켜 앞에 세우고는 트럭 뒷문으로 밀고 들어갔다.

그 후 2분 동안 조용했다. 적어도 내 위치에서는 그래 보였다. 그 2분이 지났을 때, 파월이 말했다.

두 놈 살려뒀습니다. 하지만 중위님이 얼른 오셔야겠습니다.

나는 부리나케 달려갔다.

사령 트럭 안은 난장판이었다. 파월이 쏜 총에 맞은 르레이를 포함해 세 명이 죽어 있었다. 안쪽 깊숙한 곳에서는 르레이 두 놈이 울부짖고 있었다. 내가 아는 르레이의 신체 구조로 판단하건대, 둘 다 다리가 부러진 듯했다. 파월은 놈들의 개인 전자 장비를 모두 빼앗았다. 트럭 안의 나머지 전자 장비는 모두 꺼져 있었다. 작은 비상등 두 개만 켜져 있었다.

트럭 안으로 올라서며 내가 물었다.

"별 문제 없었나?"

"전혀요. 이놈들은 근접전 실력이 별로입니다."

"음, 잘했어."

파월이 고개를 끄덕이고 생존자 한 명을 가리켰다.

"이자가 대장 같습니다. 나머지 놈들이 이자를 보호하려고 저를 막아섰거든요."

내가 다가가자 그 르레이가 고개를 들어 나를 보았다. 나는 뇌도우미에 접속해 통역기를 가동했다. 뇌도우미에는 인류가 가장 자주 맞닥뜨리는 200개 외계 종족의 통역 모듈이 탑재되어 있었다. 그중에 르레이도 있었다. 그들의 언어에는 인간이 발음하지 못하는 소리들이 있지만, 뇌도우미는 인간의 입과 목청에 적합한 단어들을 골라준다. 내가 하고 싶은 말을 뇌도우미에게 하면, 뇌도우미는 알맞은 번역문을 내게 제공한다.

나는 파월이 지목한 르레이에게 물었다.

"당신이 여기 책임자입니까?"

르레이가 자기 언어로 대답하자, 뇌도우미가 바로 통역해주었다.

"나는 너의 질문에 대답하지 않겠다."

뒤에서 듣고 있던 파월이 끼어들었다.

"다른 곳도 부러뜨려줄 수 있어."

내가 대꾸했다.

"고문으로는 정보를 캐내기 어려워."

"저는 정보를 캐내겠다는 말은 안 했습니다."

나는 파월을 돌아보고 말했다.

"여긴 잠시 나한테 맡겨줘."

그녀는 콧방귀를 뀌었다.

나는 다시 르레이에게 눈을 돌려 그의 언어로 말했다.

"당신은 다쳤습니다. 우리에게 협조하면 치료해드리겠습니다."

르레이는 고갯짓으로 파월을 가리키며 대꾸했다.

"우리가 다친 건 저기 저 짐승 때문이다."

"당신이 우리를 공격했기 때문에 다친 겁니다. 우릴 공격하고도 아무 일 없기를 기대한 건 아니겠죠?"

르레이는 아무 말도 하지 않았다.

"당신은 이곳에 있어서는 안 됩니다. 인간을 도우면서 말입니다. 그것도 해서는 안 되는 짓입니다. 왜 이런 짓을 하는지 말해주십시오."

"말하지 않겠다."

"우린 당신을 도울 수 있습니다. 당신과 여기 있는 당신 병사를 살릴 수 있어요."

나는 부상당한 또 다른 르레이를 가리키고 말을 이었다.

"우리가 돕지 않으면 당신들은 살아남지 못합니다."

"기꺼이 죽겠다."

"하지만 이 병사에게도 죽겠냐고 물어보시겠습니까? 이 병사가 뭘 원하는지 물어봤습니까?"

파월이 또 끼어들었다.

"방금 우리를 죽이려던 자에게 또 친절을 베풀고 계시군요. 소용없는 짓입니다. 왜냐하면 저들은 5분 전에 우리가 자기들을 죽이려 한 걸 기억하고 있으니까요."

"파월."

"그냥 지적하고 싶었을 뿐입니다. 누군가는 말해줘야 하니까요."

나는 그녀를 무시하고 다시 르레이에게 눈을 돌렸다.

"저는 개척방위군 소속 헤더 리 중위입니다. 지금 이 순간부터 당신에게 위해를 가하지 않을 것을 약속합니다. 이 약속은 당신의 협조 여부와 상관없습니다. 하지만 협조해주신다면 당신이 큰 도움을 줬다고 상부에 보고하겠습니다. 그러면 더 나은 처우를 받게 되실 겁니다."

르레이가 대꾸했다.

"우리는 너희가 포로를 어떻게 대우하는지 안다."

"우리도 당신네가 포로를 어떻게 대우하는지 압니다. 이제 그걸 변화시킬 기회입니다."

"나를 죽이고 끝내라."

나머지 르레이가 말했다.

"저는 죽고 싶지 않습니다."

첫 번째 르레이가 자기 부하에게 꽥꽥거리자, 내 뇌도우미가 그 말을 '입 닥쳐라/너는 수치스러운 발언을 하고 있다'라고 통역해주었다.

나는 두 번째 르레이에게 말했다.

"죽지 않을 겁니다. 우리에게 협조하면 됩니다. 나를 도와주면 당신은 살 수 있습니다. 약속합니다."

"저는 무기 기술자 케트린 세 라우입니다."

그 르레이가 나머지 르레이를 고갯짓으로 가리키고 말을 이었다.

"이분은 프루이 코 트반 사령관입니다. 우리는 이퀼리브리엄을 대신해 이곳에 왔습니다. 하르툼 정부와 거래를 맺었기 때문입니다."

"무슨 거래죠?"

"보호입니다. 개척연맹이 붕괴되면 이퀼리브리엄이 하르툼 행성을 침공하거나 점령하려는 외계 종족을 막아주기로 했습니다."

"그 대가로 뭘 요구했죠?"

트반 사령관이 또 꽥꽥대면서 라우를 치려고 했다. 파월이 둘 사이에 끼어들어 소총으로 트반을 겨누었다.

내가 다시 물었다.

"그 대가로 뭘 요구했죠?"

라우가 되물었다.

"우릴 죽이지 않을 겁니까? 약속합니까?"

"네, 약속합니다. 두 분 모두 죽지 않을 겁니다."

"고문하지도 않을 겁니까?"

"물론입니다. 우린 당신을 치료해줄 겁니다. 약속합니다, 무기 기술자 라우."

"보호해주는 대신 함정을 파놓기로 했습니다. 당신들을 여기로 유인하는 것이었습니다."

파월이 한마디 했다.

"그건 말이 안 돼요. 개척연맹은 전함 한 척만 보냈습니다. 설령 튀빙겐 호가 파괴된다 해도 더 보내면 그만입니다. 훨씬 더 많이. 결국 이 반란은 실패할 테고, 우리는 이들을 도운 르레이에게 보복하려 하겠죠."

"뭔가 더 있을지 몰라."

나는 다시 라우에게 물었다.

"다른 정보는 없습니까?"

"저는 모릅니다. 저는 기술자입니다. 상부에서는 제가 알아야 할 정보만 알려주었습니다."

나는 트반을 보고 말했다.

"물론 당신은 정보를 제공할 의향이 없겠죠."

트반은 옆으로 고개를 돌렸다.

파월이 말했다.

"여기가 막다른 길인가 보군요."

"아니."

그때 튀빙겐 호에서 우리를 찾는 연락이 왔다. 튀빙겐 호는 적의 공격을 받고 손상을 입었지만 가까스로 살아남았고, 다른 우주선의 도움을 받아 적함 두 척을 파괴했다. 지금은 우리에게 상황 보고를 요청하고 있었다.

파월이 중얼거렸다.

"적어도 우리가 완전히 좆된 건 아니네요."

내가 그녀에게 지시했다.

"모선에 연락해서 르레이 포로 두 명을 위해 당장 의료선을 보내라고 해. 더 이상 위해를 끼치지 않기로 약속했다는 말도 전하고."

"그건 받아들여지기 어려울 겁니다."

"시키는 대로 하기나 해."

"다른 건 없나요?"

"우리 둘을 태울 셔틀도 다시 보내라고 해. 완수해야 할 임무가 남았으니까."

임무를 마치고 철수하는 동안 우리 셔틀은 튀빙겐 호로 가지 않고 나머지 개척연맹 우주선으로 방향을 돌렸다.

파월이 입을 열었다.

"챈들러 호라는 전함은 금시초문인데요."

"개척방위군 전함이 아니라 국무성 우주선이야."

"국무성 우주선이 완전 무장을 하고 다니다니 놀랍네요."

"시대가 변했어."

그때 이제는 하르툼 행성의 전 수상이 된 마사히코 오카다가 불만을 토로했다.

"수갑 때문에 팔이 아파 죽겠소. 너무 불편하구먼."

여전히 그를 수상으로 여기는 자들이 더러 있을지 모르지만, 실질적으로 이제 그의 통치 시대는 막을 내렸다.

파월이 오카다에게 쏘아붙였다.

"내 친구 여러 명이 죽었어. 그러니 그 정도로 대우해주는 걸 감사히 여기고 입 닥쳐."

오카다가 나를 보고 투덜거렸다.

"댁들이 나를 이런 식으로 다룬 걸 위에서 알면······."

파월이 내게 말했다.

"이자를 밖으로 내던지게 해주십시오."

오카다가 다시 파월을 보고 눈이 휘둥그레졌다.

"뭐요?"

파월은 내게 같은 말을 되풀이했다.

"이자를 밖으로 내던지게 해주십시오. 이 개자식 때문에 램버트와 살시도가 죽었습니다. 우리 소대의 나머지 대원 모두 말입니다.”

내가 대꾸했다.

“다 죽지는 않았어. 굴드와 드코닉이 아직 살아 있으니까.”

“굴드와 드코닉 둘 다 중태입니다. 어쩌면 살 수도 있겠죠. 만약 죽는다면 중위님과 저만 남는 셈입니다. 우라질 소대 전체에서 말입니다.”

파월은 오카다에게 삿대질을 하며 덧붙였다.

“이자는 우주복 없이 우주 유영을 시켜야 마땅합니다.”

나는 오카다를 보고 물었다.

“당신 생각은 어떻습니까, 수상 각하?”

오카다가 입을 열었다.

“이 반란을 야기한 건 하르툼 정부가 아니라 개척연맹이오.”

파월이 그에게 다가가며 이를 갈았다.

“아, 그러셔? 아무래도 진공 속에서 숨 좀 쉬어야겠네, 이 망할 자식.”

오카다는 겁에 질려 잔뜩 움츠러들었다.

내가 손을 들어 제지했다. 파월은 오카다 앞에서 멈춰 섰다. 나는 오카다를 가리키며 말했다.

“이렇게 합시다. 우리가 챈들러 호에 도킹할 때까지 당신은 한마디도 하지 않는 겁니다.”

이번에는 파월을 바라보며 말했다.

“그리고 자네는 이자를 우주 공간으로 내던지지 마.”

그 후 오카다는 한마디도 하지 않았다. 심지어 챈들러 호로 옮겨 탄 뒤, 선원 몇 명에게 끌려갈 때도 침묵했다.

챈들러 호의 선원 한 명이 내 쪽으로 다가와 고갯짓으로 오카다를 가리키며 말했다.

"과묵해 보이네요."

나머지 선원들과 달리 그는 초록색이었다. CDF 병사라는 뜻이었다.

내가 대꾸했다.

"얌전해질 수밖에 없는 동기가 있었습니다."

"그렇군요. 자, 어쨌든. 혹시 저를 기억하십니까, 리 중위?"

"기억하다마다요, 윌슨 중위."

나는 손짓으로 파월을 가리키고 덧붙였다.

"이쪽은 제 부하인 엘리자베스 파월 하사입니다."

"반갑습니다, 하사."

윌슨은 다시 나를 보고 말했다.

"저를 기억해주시니 기쁘군요. 그동안 벌어진 일들과 상황 설명은 제가 하기로 했습니다."

"우린 지금 튀빙겐 호로 돌아가고 싶을 뿐입니다."

"음, 그게 말입니다……."

"뭡니까?"

"어디 앉아서 이야기하는 게 좋을 듯싶은데요."

"지금 당장 말해주지 않으면 당신한테 한 방 먹일지도 모릅니다, 윌슨."

그가 빙그레 웃었다.

"하나도 안 변하셨군요. 좋습니다, 여기서 말씀드리죠. 튀빙겐 호는 적의 공격을 견디고 생존했지만, '생존'이라는 표현이 부적절할 수도 있습니다. 망가진 채 궤도에 떠 있는 상태니까요. 완전히 파괴될 수도 있었지만, 저희가 때마침 도착해 튀빙겐 호를 공격한 적들을 함께 물리쳤습니다."

"어떻게 그럴 수가 있었죠? 절체절명의 순간에 딱 맞춰 도착하다니."

"육감이었습니다. 지금 이 셔틀 격납고 안에서는 그렇게밖에 말씀드릴 수가 없네요."

"흐ㅇㅇㅇ음."

"어쨌든 상황 설명을 들으신 뒤에 정말로 튀빙겐 호에 돌아가고 싶으시다면 그렇게 하셔도 됩니다. 하지만 거기 머물 수는 없을 겁니다. 기껏해야 앞선 교전에서 부서지지 않고 남아 있는 개인 물품을 회수할 정도의 시간밖에 없을 테니까요. 조만간 존 헨리 호와 우주선 몇 척이 와서 여러분과 나머지 생존자들을 피닉스 정거장으로 데려갈 겁니다. 거기서 새로운 전함에 배속되시겠죠. 두 분의 소지품을 저희가 가져올 테니 그냥 여기 계셔도 됩니다."

파월이 물었다.

"이번 공격으로 튀빙겐 호에서 몇 명이나 죽었나요?"

"사망자 215명에 부상자가 수십 명에 이릅니다. 두 분의 소대원들을 제외하고도 말이죠. 그 일은 유감입니다. 어쨌든 사망한 소대원들은 저희가 찾아왔습니다."

내가 물었다.

"어디 있습니까?"

"현재는 식당 냉동고에 보관해놓았습니다."

"보고 싶습니다."

"권하고 싶지는 않네요. 썩 보기 좋지 않거든요. 보관되어 있는 상태 말입니다."

"상관없습니다."

"그럼 제가 식당 쪽에 말해놓겠습니다."

"제가 데려온 르레이 둘은 어떻게 됐는지도 궁금합니다."

"저희 함재정 의무실에서 최대한 잘 보살피고 있습니다. 부상이 꽤 심하지만 다행히 위태로운 상태는 아닙니다. 대부분 골절상이라 충분히 치료가 가능합니다. 그런데 두 분 중 누구 솜씨죠?"

파월이 대답했다.

"아마 저일 거예요."

"재미있는 분이시네."

"저랑 두 번째 데이트 해보면 생각이 달라질 거예요."

윌슨은 빙그레 웃고 다시 내 쪽으로 눈을 돌렸다.

"그들에게 더 이상 위해를 가하지 말라는 중위님의 요청을 접수했습니다. 그건 걱정 마십시오. 어차피 저희는 그럴 의도가 없으니까요. 물론 그들을 심문해야 한다는 건 중위님도 잘 아실 겁니다."

"폭력을 쓰지 않고 심문하면 됩니다."

"네, 그럴 겁니다. 다만 공격적인 심문이 될 거라는 점은 분명히 아시기 바랍니다. 물리적인 위해를 가하지 않는다 해도 말입니다. 특히 저희는 이번 일과는 상관없는 몇 가지 이유로 트반 사령관에게 관심이 많습니다."

"심문은 누가 할 예정입니까?"

"여기서는 제가 할 겁니다."

"트반 사령관은 썩 협조적이지 않아 보이더군요."

"걱정 마십시오. 저는 그의 뼈를 또 부러뜨리지 않고도 순순히 불게 할 자신이 있습니다. 전에도 르레이를 다뤄봤거든요. 믿어주십시오."

"알겠습니다. 고맙습니다."

나는 오카다가 끌려간 쪽을 고갯짓으로 가리키며 물었다.

"그자는 어떻게 되는 겁니까?"

윌슨이 대답했다.

"그 양반에 대해서는 딱히 약속을 드릴 수가 없겠네요. 이번에 오카다는 아주 교활한 수를 썼습니다. 개척연맹을 배신했을뿐만 아니라 동료 반란자들까지 배신했거든요."

"무슨 뜻이죠?"

"원래 개척연맹 행성 열 곳이 동시에 독립 선언을 하기로 되어 있었는데, 그중 하나가 하르툼이었습니다. 하지만 하르툼이 난데없이 먼저 선언을 하고 튀빙겐 호를 함정으로 끌어들였죠."

"왜 그런 겁니까?"

"저희가 그걸 알아내야 합니다. 오카다의 진술에 따라 개척연맹이 이 반란 행성들을 다루는 방식에 변화가 생길 겁니다."

파월이 물었다.

"그자가 실토할 거라고 생각해요?"

"저희가 오카다를 손보고 나면 실토하게 하는 건 어렵지 않습니다. 입을 다물게 하는 게 문제겠죠. 자, 이제 공식적인 상황 설명을 들으시겠습니까?"

내가 대답했다.

"실은 제 부하들을 먼저 보고 싶습니다."

"알겠습니다."

식당 냉동고 안쪽 끝에 쌓아놓은 시체 더미의 허리 높이에서 램버트를 발견했다. 살시도는 세 번째 시체 더미의 바닥에서 발견했다. 둘 다 차마 눈 뜨고 보기 어려운 몰골이었다.

"램버트 말이 옳았어요."

나와 함께 냉동고로 들어온 파월이 말했다. 윌슨은 우리를 냉동고로 데려와 문을 열어주고 밖에서 기다렸다. 평소 냉동고 안에 들어 있던 식료품과 선반 들은 치워져 있었다. 식료품은 다른 냉동고에 다시 쌓아놓았거나, 지금 이 식당에 침울하게 모여 있는 튀빙겐 호의 생존자들이 먹고 있었다.

적어도 이 식당에서는 줄 서서 먹을 필요가 없었다.

"뭐가 옳았다는 거지?"

"근본 문제 말입니다."

나는 하마터면 웃을 뻔했다.

"다른 사람도 아니고 자네가 그런 말을 할 줄이야."

"저는 램버트가 틀렸다고 한 적 없습니다. '뭔 상관이야'라고 했죠."

"하지만 이제는 상관하는군."

"전보다는 더 상관하게 됐죠. 대체 우리가 여기서 뭘 하는 겁니까, 중위님? 불 끄는 일만 하며 돌아다니고 있어요. 뭐, 좋습니다. 우린 소방대입니다. 우리 임무는 불을 끄는 거죠. 어쩌다 불이 났는지는 신경 쓰지 않고 그냥 불만 끕니다. 하지만 어느 시점이 되면 소방대도 과연 누가 이 모든 불을 질렀는지, 어째서 계속 우리만 그 불을 꺼야 하는지 의문을 갖게 마련입니다."

"자네가 그런 말을 하는 걸 램버트가 듣는다면 배를 잡고 웃겠는걸."

"그 친구가 여기서 배를 잡고 웃는다면 제가 이런 말을 할 리 없죠. 어차피 램버트가 할 말이니까요."

파월은 살시도의 시신을 가리키며 말을 이었다.

"그리고 저 녀석은 사소한 것들을 시시콜콜 지적해댈 겁니다. 그러면 저는 그들 둘을 조롱할 테고, 중위님은 심판 노릇을 하시겠죠. 그랬다면 우리는 또다시 행복한 가족처럼 지낼 겁니다. 이렇게 우리 둘이 고기 창고에 있는 저들 둘을 지켜보지 않으면서 말이죠."

"전에도 친구를 잃은 적이 있을 텐데."

"물론 그렇죠. 중위님도 마찬가지고요. 같은 일을 계속 겪어도 마음은 여전히 편치 않습니다."

우리는 잠시 침묵했다.

마침내 내가 파월에게 말했다.

"연설 하나가 머릿속에 맴도는군."

"중위님이 하신 연설입니까?"

"아니. 다른 사람의 연설이야. 실은 우리가 줄기차게 불을 끄러 다닌 지난 몇 주 내내 자주 생각났어."

"어떤 연설인데요?"

"게티즈버그 연설. 에이브러햄 링컨의 연설이지. 기억하나?"

파월은 피식 웃었다.

"저는 미국에서 중학생을 가르치며 살았습니다. 당연히 기억하죠."

"고작 300단어로 이루어진 짧은 연설인데, 당시에는 크게 인정받지 못했어. 줄곧 내 머릿속에 떠오른 문장은 이거야. '지금 우리는 그렇게 잉태되고 그토록 헌신하여 이룩한 나라가 과연 오래 존속할 수 있는지 시험하는 거대한 내전을 치르고 있습니다.'"

파월이 고개를 끄덕였다.

"중위님은 지금 우리가 내전 중이라고 보시는군요."

"모르겠어. 어쩐지 진짜 전쟁 같지가 않아. 너무 질질 끌고, 너무 산만해. 전투의 연속이 아니라 자잘한 분쟁의 연속일 뿐이야."

"제가 분명히 말씀드리죠. 이건 내전입니다. 우리는 지구를 잃었습니다. 이제 개척연맹은 과거에 지구에서 공짜로 얻었던 것들을 모든 개척행성에 요구해야 하는 처지입니다. 안 그러면 붕괴될 테니까요. 개척행성들은 자신들이 개척연맹으로부터 받는 혜택이 그런 희생을 치를 만한 가치가 있는 것인지, 앞으로도 개척연맹의 지배를 받을 만한 가치가 있는 것인지 묻고 있습니다. 적어도 몇몇 질문에 대한 답은 '아니요'로 보입니다. 그리고 이제 그들은 개척연맹이 그들을 지켜주던 팔로 그들의 목을 조르고 있다고 생각하는 눈치입니다. 그래서 자신들의 세상이 폭삭 무너져 내리기 전에 발을 빼려는 거죠."

"실패만 거듭하고 있잖아."

"거대한 적을 상대로 싸우는 내전 아닙니까. 그래서 지금껏 실패만 거듭했죠."

파월은 손짓으로 시체 더미들을 가리키며 덧붙였다.

"하지만 이제 그들도 점점 약아지고 있습니다. 이퀼리브리엄이라는 집단과 손을 잡으면서 말이죠."

"어떤 자들인지는 몰라도 이퀄리브리엄이 선의를 품고 이런 짓을 하는 것 같지는 않아."

"틀린 말씀은 아닙니다만, 지금이 내전이라는 관점에서 보면 그건 상관이 없습니다. 개척행성들은 개척연맹이 진심으로 그들을 위한다고 생각하지 않습니다. 결국 적의 적은 내 편인 셈이죠."

"별로 영리한 전략은 아니로군."

"영리함도 이번 일과는 상관이 없습니다. 이런 식으로는 몇 시간을 토론해도 끝이 안 날 겁니다, 중위님."

"자네 생각은 어때?"

"뭐가요?"

"개척연맹이 행성들을 통제하는 것. 이런 일에 대응하는 방식."

나는 손을 휘저어 냉동고 안을 가리키고 덧붙였다.

"이 모든 것들 말이야."

파월은 살짝 놀란 눈치였다.

"개척연맹은 우라질 파시스트 집단입니다, 대장. 저는 지구를 벗어나려고 그들의 우주선에 첫 발을 내딛던 날부터 감 잡았습니다. 너무 당연하잖아요? 그들은 교역을 통제합니다. 통신을 통제합니다. 개척행성들이 스스로를 지키는 것도 허락하지 않고, 개척연맹을 통하지 않고서는 그 어떤 일도 못 하게 합니다. 그리고 그들이 지구에 저지른 온갖 만행을 잊으면 안 됩니다.

그 짓을 수세기에 걸쳐 해왔어요. 제기랄, 중위님. 저는 지금 우리가 내전 중이라는 사실이 놀랍지 않습니다. 더 일찍 시작되지 않은 게 놀랍죠."

"하지만 지금 우린 여기 있어. 자네와 나. 그들의 군복을 입고."

"우린 병든 늙은이로 죽기 싫었습니다. 당시 저는 일흔다섯 살이었고, 일생의 대부분을 플로리다에서 살았습니다. 하고 싶은 일을 해본 적도 없이 골암에 걸려 하루하루 죽어가고 있었죠. 지금 중위님은 저를 망나니쯤으로 여기시겠지만, 지구를 떠나기 직전에 제 꼴이 어땠는지 보셨어야 해요. 빌딩에서 밀어버렸어도 누구 하나 안타까워하지 않을 늙은이였죠. 이미 시체나 다름없었으니까."

"그래, 알아. 여기 올 때 우린 앞으로 무슨 일을 하게 될 줄 몰랐어."

"네, 몰랐습니다."

"하지만 이제는 똑똑히 알잖아. 만약 자네가 지금 아는 걸 그때 알았더라도 같은 선택을 했을까?"

"네. 병든 늙은이로 죽기 싫은 건 변함없으니까요."

"하지만 방금 자네는 개척연맹이 우라질 파시스트 집단이라고 했어."

"사실이니까요. 그리고 우리가 생존할 방법은 그것뿐입니다. 주위를 둘러보세요. 우리가 다녀온 행성들을 생각해보세요. 우리가 싸워야 했던 온갖 외계 종족들을 떠올려보세요. 과연 개척연맹이 사라지는 순간 그 행성들과 그곳 사람들이 갈기갈기 찢기지 않을까요? 그들은 싸워본 적이 없습니다. 본격적인 전쟁을 해본 적이 없다고요. 그런 대규모 전쟁에 필요한 군사 시설도 전무합니다. 더구나 그런 걸 확충할 시간도 없죠. 개척연맹은 괴물이지만, 개척행성들은 맹수가 우글거리는 숲속에 버려진 염병할 아기 사슴에 불과해요."

"과연 이 상황이 어떻게 변할까?"

"전들 알겠습니까, 대장. 저는 여기서 일할 뿐이에요. 다만 변할 거라는 점은 분명히 압니다. 변할 수밖에요. 우리에겐 더 이상 지구가 없으니까요. 처음부터 개척연맹이 운영되던 방식은 앞으로는 통하지 않습니다. 변하지 않으면 우리 모두 죽습니다. 그때까지 개척연맹을 지키려고 제 본분을 다할 따름입니다. 그 반대는 암울하니까요."

"그렇겠지."

"중위님은요? 중위님도 같은 선택을 하실 겁니까?"

"모르겠어. 물론 병든 늙은이로 죽기 싫은 건 맞아."

나는 손을 뻗어 램버트의 차가운 팔을 만지며 덧붙였다.

"하지만 더 끔찍하게 죽는 수도 있어."

파월이 대꾸했다.

"램버트는 잘난 체하며 떠들다 죽었어요. 틀림없이 그렇게 죽고 싶었을 겁니다."

나는 그 말에 웃음을 터뜨렸다.

"일리가 있군. 어쨌든 이제 난 깨달았어. 일생을 살고 후회를 남기며 죽는 것보다 더 나쁜 일도 있다는 것 말이야. 더 이상 그런 죽음을 겁내지 않겠어."

"그럴 수도 있죠. 물론 지금은 스무 살로 보이고, 설령 오늘 개척방위군을 떠난다 해도 앞으로 60년은 더 살 테니 그런 말을 쉽게 하시는 겁니다."

"그것도 일리가 있어."

"이래서 제가 램버트에게 쓸데없는 생각 좀 그만하라고 한 겁니다. 지금 우리 코앞의 일에서 몇 걸음 너머를 고민하는 짓 말이에요. 그래서는 절대 행복하지 못해요. 당장 그 어떤 문제도 해결하지 못하죠."

나는 빙그레 웃었다.

"하지만 지금 여기서 우리의 앞날을 거론한 건 자네야."

파월은 눈살을 찌푸렸다.

"네, 맞아요. 일종의 헌사라고 생각하세요. 고인이 된 우리 친구에 대한 헌사 말이에요. 앞으로는 절대 안 할 겁니다."

나는 살시도를 가리키며 물었다.

"저 친구에 대해서는?"

"젠장, 모르겠어요. 그 한심한 피자 달 노래나 다시 듣죠. 아니면 식당에서 뭐가 나오는 날인지 생각하거나. 그나저나 이건 완전히 허튼소리예요. 일주일 내내 피자건 타코건 햄버거건 마음대로 먹을 수 있잖아요. 그냥 식당 앞에 붙여놓는 오늘의 요리일 뿐이죠."

"나도 알아. 하지만 그건 그 대화의 요점이 아니었어, 안 그
래?"

"네, 맞아요. 아니었죠."

PART FIVE

우리가 이런 데까지 와야 합니까?

파월이 뇌도우미로 내게 말했다. 웁살라 호에서 파견된 우리 소대는 이리 행성 골웨이 시(市)에서 벌어진 시위를 통제하고 있었다. 지극히 평화로운 시위였다. 끝없이 늘어선 수많은 시위자들이 한 명도 빠짐없이 사방 곳곳에 누워 있었다. 적어도 100,000명은 되었다. 내게서 30미터쯤 떨어진 곳에 있는 파월은 개척연맹 건물 앞을 막아선 방어선의 일부였다.

내가 답신을 보냈다.

우리는 개척연맹 재산을 지키고 있어.

저들이 그 위에 눕기라도 한대요?

우리 임무에 대해 너무 깊이 생각하는 사람들을 최근에 자네가 못마땅하게 여겼던 걸로 기억하는데.

이건 여기 경찰이 감당할 수 있는 일이잖아요.

물론 그렇지.

나는 내 앞으로 2미터쯤 떨어진 곳에 경찰 제복 차림으로 누워 있는 여자를 가리키며 덧붙였다.

저기 경찰서장이 있어. 자네가 가서 이야기해봐.

이리 행성의 문제는 여기 주민들이 독립 선언을 요구했거나, 개척연맹의 지역 본부를 불태우려 했거나, 다른 꿍꿍이가 있는 외계 종족을 불러들여 개척연맹 우주선과 병사 들을 공격하게 한 것이 아니었다. 행성 전체가 파업에 돌입한 것이 문제였다.

물론 전면 파업은 아니었다. 자급자족에 필요한 식량과 의류는 여전히 생산하면서 자체 물자 공급은 지속하고 있었다. 하지만 당분간 무역은 하지 않기로 결정했다. 이리 행성에서 상당량의 물자를 수입하는 개척연맹으로서는 문제가 아닐 수 없었다. 또한 초기 개척행성 중 하나인 이리는 개척연맹 전역에서 수출 경제가 가장 발달한 곳이었다.

이리에 온 개척연맹 무역국 대표는 문제가 뭐냐고 물었다. 이리(정확히 말하면 통상부 장관)는 아무 문제도 없다고 대답했다. 무역을 중단하기로 결정했을 뿐이라는 것이었다.

개척연맹 무역국 대표는 이리의 경제가 몰락할 거라고 경고했다. 이리의 통상부 장관은 이곳 경제학자들의 말을 빌려, 변화가 쉽지는 않겠지만 모두가 조금씩 희생하면 충분히 견딜 수 있다고 응수했다.

개척연맹 무역국 대표는 물자를 더 높은 가격에 수입해주겠다고 제안했다. 이리의 통상부 장관은 정중히 거절했다.

개척연맹 무역국 대표는 개척연맹과의 교역 거부가 반역 행위에 준한다는 경고의 뜻을 넌지시 비쳤다. 이리의 통상부 장관은 비자발적 교역을 강제하는 개척연맹 법규가 있냐고 따졌다.

그러자 개척연맹 무역국 대표는 아예 행성 전체가 일을 때려치우고 드러눕지 그러냐고 조롱했다.

파월이 투덜거렸다.

이건 한심한 짓입니다.

내가 물었다.

개척연맹 무역국 대표만큼 한심하겠어?

오십보백보죠. 우린 여기서 시간낭비하는 겁니다, 대장. 시위를 진압하는 것도 아니고, 사람을 구하는 것도 아니고, 뭔가 의미 있는 일을 하는 것도 아니에요. 누워 있는 사람들 주위를 어슬렁거리며, 미친놈처럼 소총을 들고 다니는 것뿐이라고요.

벌떡 일어나서 우릴 공격할지도 몰라.

중위님, 제 앞 2미터 떨어진 곳에 누운 남자는 코까지 골고 지랄이란 말입니다.

나는 빙그레 웃고 물었다.

우리가 어쩌면 좋겠나, 파월?

모르겠습니다. 중위님이 말씀해보세요.

좋아, 이건 어떨까.

나는 MP 소총을 내려놓고 시위대 한복판으로 걸어갔다.

뭐 하시는 겁니까?

떠나는 거야.

나는 누워 있는 사람들을 밟지 않으려고 요리조리 누비며 지나갔다.

어디로요?

몰라.

그건 우리에게 허락되지 않은 일입니다, 대장. 지금 중위님의 행위는 법적으로 '탈영'에 해당된다고요.

총살하고 싶으면 그러라고 해.

그럴 수도 있어요!

나는 걸음을 멈추고 파월을 돌아보았다.

난 7년 동안 이 짓을 해왔어. 자네도 알다시피 저들은 나를 그만두지 못하게 할 거야. 더 이상 우리 같은 병력을 보충할 수 없으니 끊임없이 교대 근무를 시키겠지. 하지만 난 더는 못 해. 끝났어.

나는 돌아서서 다시 걷기 시작했다.

정말로 중위님을 쏴 죽일 겁니다.

그럴 수도 있지.

나는 파월이 했던 말을 따라 했다. 이윽고 광장을 가로질러 한쪽 옆길로 들어섰다. 다시 파월을 돌아보았다. 그녀가 내게 말했다.

저들은 중위님이 어디 계신지 다 알 겁니다. 중위님 뇌 속에 들어 있는 컴퓨터가 중위님의 움직임을 일일이 추적하니까요. 젠장, 중위님의 생각 하나하나까지 추적할 수 있단 말입니다.

알아.

저들이 중위님을 찾아갈 거예요.

아마 그러겠지.

제가 경고하지 않았다고 말하지 마세요.

알았어.

뭘 하실 겁니까?

난 예전에 제법 실력 있는 음악가였어. 그걸 다시 해볼 생각이야. 적어도 한동안은.

중위님은 미쳤어요. 기록 차원에서 이 말을 하는 겁니다.

분명히 기록됐어. 나랑 같이 가겠나?

어휴, 싫습니다. 우리 모두 탈영병이 될 수는 없어요. 그리고 어쨌든 중위 자리 하나가 비겠죠. 어쩌면 제가 진급할 수도 있을 테고요.

나는 씩 웃었다.

잘 있어, 엘리자베스.

잘 가요, 헤더.

파월이 내게 손을 흔들었다.

길모퉁이를 돌자 건물이 그녀를 시야에서 가렸다.

길을 걷다 보니 예쁘장한 거리가 눈에 띄었다. 그 거리를 걸

으며 새로운 삶의 첫날을 시작했다.

토요일이었던 것 같다.

존립이냐 몰락이냐

THE END OF ALL THINGS

PART ONE

이런 말이 있다.

"부디 재미있는 시대를 사시길."

우선, 이건 악담이다. 여기서 '재미있는'의 속뜻은 '오 맙소사, 죽음이 비처럼 쏟아지고 우리는 모두 울부 짖으며 불길에 휩싸여 죽을 거야'이다. 정말로 상대에 게 덕담을 할 때는, '재미있는' 시대에 살길 바란다고 하지 않는다. '영원한 행복을 누리시길 빕니다'라거나 '그대에게 평온이 깃들기를' 또는 '만수무강하세요'라고 말할 것이다. '재미있는 시대를 살아라'라고 하지는 않는다. 만약 누 가 당신에게 재미있는 시대를 살라고 말한다면, 기본적으로 그 자는 당신이 참혹하게 죽기를, 끔찍한 고통을 겪다 죽기를 바 라는 것이다.

농담이 아니다. 그자는 당신의 친구가 아니다. 이건 내가 공

존립이냐 몰락이냐 113

짜로 알려주는 삶의 진리이다.

둘째, 이 악담이 중국에서 비롯되었다고들 하지만 순전히 뻥이다. 처음에 영어에서 생겨났는데 이후 중국의 속담쯤으로 치부된 말이다. 아마 인종주의적 발상 때문일 것이다. 또한 남을 저주하고 싶긴 한데 그걸로 욕먹기는 싫은 심보 때문이기도 하다. 이를테면 '야, 그건 내가 한 말 아냐. 못된 중국인들이 한 말이라고. 난 그들이 한 말을 옮겼을 뿐이야'라는 식으로.

따라서 그런 자는 당신 친구가 아닐뿐더러, 수동적 공격성을 지닌 편견 덩어리일 수도 있다.

수동적 공격성과 편견이 담긴 이 악담의 원조일 수도 있다고 일부에서 주장하는 중국 속담이 하나 있다. '寧爲太平犬 暮做亂离人.' 대강 번역하자면 '평화로운 시기에 개로 사는 것이 전시에 인간으로 사는 것보다 낫다'이다. 편견도 없고 수동적 공격성도 없는 훌륭한 금언이다. 나는 이 말에 십분 공감한다.

요점만 말하겠다. 내 이름은 해리 윌슨 중위다. 아주 오랫동안 전장에서 살아왔다. 평화로운 시기의 개로 살고 싶은 마음이 간절하다. 한동안 그러려고 노력했다.

문제는 내가 재미있는 시대를 살고 있다는 점이다.

가장 최근에 재미있었던 사건은 내가 탄 우주선 챈들러 호가 하르툼 행성으로 도약하자마자 우주선 두 척을 발견하고 그 자리에서 파괴한 일이었다.

그들로서는 인과응보였다. 이 두 우주선은 개척방위군 전함 튀빙겐 호를 공격하고 있었는데, 튀빙겐 호는 하르툼 행성의 수상이 부추긴 반란을 진압하러 개척연맹이 보낸 전함이었다. 반란이 성공할 수 없음을 뻔히 알았을 텐데도 이 행성의 수상은 모험을 감행했고, 결국 그곳에 들이닥친 튀빙겐 호는 수상을 체포해 올 일개 소대를 행성으로 내려 보냈다. 그때 도약해 온 이들 두 우주선이 튀빙겐 호를 연습 표적으로 삼고 공격하기 시작했다. 아마 그들은 아무런 방해도 받지 않고 상대를 파괴할 수 있으리라 기대했을 것이다. 따라서 난데없이 태양에서 튀어나온 챈들러 호를 맞이할 준비가 되어 있지 않았다.

물론 우리가 정말로 그렇게 등장한 것은 아니었다. 챈들러 호는 이들 두 우주선과 그들이 정신없이 공격하고 있던 튀빙겐 호보다 하르툼 행성의 태양에 조금 더 가까운, 그 행성 위쪽 우주 공간에 도약했을 뿐이다. 그리고 그들이 보기에 우리가 눈부신 태양 빛에 가려 있었다는 사실은 딱히 챈들러 호에 유리하지도 않았다. 그 우주선들의 센서가 금세 챈들러 호를 감지했을 테니까. 우리의 이점은 그들이 챈들러 호의 등장을 전혀 예상하지 못했다는 점이었다. 우리가 나타났을 때 그들은 튀빙겐 호를 파괴하는 데 열중하고 있었다. 가까운 거리에서 미사일로 취약 부분을 타격해 선체를 박살내고 그 안에 있는 자들을 모두 죽여 개척연맹 전체를 혼란에 빠뜨리려는 속셈이었다.

어쨌든 태양에서 튀어나왔다는 말은 근사한 시적 표현이다.

우리는 입자 광선포로 그 우주선들의 미사일이 튀빙겐 호에 꽂히기 전에 모두 폭파시켰다. 그리고 우리가 발사한 미사일은 적함들의 선체에 박혀 동력 시스템과 무기를 망가뜨렸다. 우리는 적함의 선원들을 걱정하지 않았다. 조종사 한 명 말고는 아무도 없다는 것을 알고 있었기 때문이다.

우리 입장에서는 전투를 시작하기도 전에 끝난 셈이었다. 경무장 적함들은 불꽃놀이처럼 폭발했다. 우리는 일반 무선 통신과 뇌도우미 네트워크로 튀빙겐 호에 연락해 피해 상황을 확인했다.

심각했다. 배를 버려야 할 상황이었다. 생명유지 시스템이 붕괴되기 전에 선원을 탈출시킬 시간조차 빠듯했다. 우리는 챈들러 호에 선원들을 수용할 공간을 마련하고 피닉스 정거장에 무인도약기를 보내 구조선과 구조대를 요청했다.

그때 하르툼 행성에서 임무 보고가 들어왔다. 수상을 체포하러 보낸 튀빙겐 호의 셔틀은 지상의 방어 무기에 피격당했고, 파괴되는 셔틀에서 뛰어내린 병사들도 같은 무기에 의해 공중에서 사살되었다는 것이었다.

무사히 탈출한 병사는 두 명뿐이었지만, 그들 둘이서 르레이의 병사들이 관리하는 지상의 방어 시설을 파괴했다. 이 르레이 무리는 지금껏 개척연맹과 콘클라베에 막대한 피해를 끼친 집단인 이퀼리브리엄과 손잡은 자들이었다. 또한 그 과정에서 르레이 두 명을 생포했는데, 이 중 한 명은 사령관이었다. 이후

두 병사는 본래 임무를 완수하고 하르툼 행성의 수상을 체포해 왔다.

세 명 모두 심문해야 하는 상황이었다.

두 르레이를 심문할 사람은 나였다.

나는 르레이 포로가 기다리고 있는 방으로 들어갔다. 그 르레이는 수갑을 차고 있지 않았지만 충격 목걸이를 목에 두르고 있었다. 아주 일상적이고 조심스러운 동작보다 조금이라도 빠르게 움직이면 충격이 가해지는 장치였다. 움직임이 빠를수록 충격의 강도도 커졌다.

르레이 포로는 별로 움직이지 않았다.

의자가 체형에 맞지 않아 엉거주춤 앉아 있었지만 더 나은 의자가 없었다. 그 의자 앞에는 탁자가 놓여 있었다. 건너편에 의자가 하나 더 있었다. 나는 그 의자에 앉아 손을 뻗어 탁자 위에 스피커를 내려놓았다.

내가 하는 말을 통역해줄 스피커였다.

"트반 사령관님. 제 이름은 해리 윌슨입니다. 개척방위군 소속 중위죠. 괜찮으시다면 당신과 이야기를 나누고 싶습니다. 당신 언어로 대답하시면 됩니다. 저의 뇌도우미가 통역해줄 테니까요."

잠시 후 트반이 입을 열었다.

"당신네 인간들은 늘 그런 식으로 말하지. 허락을 구하듯이 말하면서 실은 요구를 하거든.”

“싫으면 말하지 않으셔도 됩니다.”

트반은 자기 목에 걸려 있는 기구를 가리켰다.

“이런 것을 목에 차고 말하기는 곤란하오.”

“일리 있는 말씀입니다.”

나는 자리에서 일어나 다가갔지만 트반은 움찔하지 않았다.

“허락해주신다면 제가 그 목걸이를 제거해드리겠습니다.”

“어째서 그러려는 거요?”

“신뢰의 표시입니다. 그리고 이러면 당신이 제게 대답하지 않아도 처벌을 두려워할 필요가 없으니까요.”

트반은 내가 목걸이를 잡을 수 있도록 고개를 내밀었다. 나는 뇌도우미를 통해 명령을 내려 목걸이를 풀고 탁자에 내려놓은 다음 자리로 돌아와 앉았다.

“자, 어디까지 말씀드렸죠? 아, 생각났습니다. 당신과 이야기하고 싶다고 했죠.”

“중위의 이름이……”

“윌슨입니다.”

“고맙소. 중위, 나는…… 솔직히 말해도 되겠소?”

“그래주시길 바랍니다.”

“물론 내 목에서 고문 기구를 떼어내 준 점을 고맙게 여기지 않는다는 뜻은 아니지만, 얄팍한 술수라는 점은 변함이 없소. 얄팍할 뿐만 아니라 실은 매우 표리부동한 짓이오.”

118

"어째서 그렇습니까, 사령관님?"

트반은 방 안을 가리켰다.

"당신은 충격 목걸이를 제거해줬소. 하지만 나는 여전히 이곳, 당신네 우주선 안에 있소. 십중팔구 저 문밖에는 당신 같은 CDF 병사가 무기나 고문 기구를 들고 서 있겠지. 나는 달아날 수도 없고, 당신한테 대답하지 않았다는 이유로 고문이나 죽임을 당하지 않을 거라는 보장도 없소. 물론 지금 이 순간 당신은 그럴 일 없을 거라고 장담하겠지만."

나는 빙그레 웃었다.

"문밖에 누가 있다는 말씀은 맞습니다, 사령관님. 하지만 CDF 병사는 아닙니다. 제 친구 하트 슈미트죠. 살인자나 고문 기술자가 아니라 외교관입니다. 지금 그는 문밖에서 녹화를 하고 있습니다. 제가 뇌도우미로 이 대화를 녹화하고 있어서 굳이 그럴 필요도 없는데 말입니다."

"당신은 내가 당신을 죽이고 탈출할까 봐 걱정하지 않는군."

"네, 걱정하지 않습니다. 저는 개척방위군 병사입니다. 당신도 경험해봐서 아시겠지만, 우리는 유전공학으로 강화된 인간이라 보통 사람보다 더 빠르고 더 강합니다. 당신의 전투 능력은 충분히 압니다만, 만약 저를 죽이려 하신다면 결코 만만치 않은 싸움이 될 겁니다."

"만약 내가 당신을 죽이면?"

"저 문은 잠겨 있습니다. 당신의 탈출 계획에 찬물을 끼얹는 장벽인 셈이죠."

트반은 르레이의 웃음소리를 냈다.

"당신은 나를 두려워하지 않는 게로군."

"네. 하지만 당신도 저를 두려워하시지 않길 바랍니다."

"두렵지 않소. 내가 두려운 건 인류라는 종족 전체요. 그리고 지금 당신에게 대답하지 않을 경우 내가 어떻게 될지 두렵소."

"사령관님이 방금 그러셨듯이 저도 솔직히 말씀드리고 싶습니다."

"좋소, 중위."

"당신은 현재 개척방위군의 포로입니다. 실질적으로 전쟁 포로인 셈이죠. 무기로 우리를 공격하다 붙잡혔으니까요. 당신은 직접 혹은 명령을 내려 우리 병사 다수를 죽였습니다. 저는 당신을 고문하거나 죽이지 않을 것이며, 당신이 이 우주선에 있는 동안은 아무도 그러지 않을 겁니다. 하지만 남은 평생을 우리와 함께 지내야 한다는 걸 아셔야 합니다."

나는 방 안을 가리키며 덧붙였다.

"이 방보다 썩 크지 않은 방에서 말입니다."

"그런 협박으로 내 협조를 이끌어내기는 어려울 텐데."

"무슨 말씀인지는 압니다만, 제 이야기는 아직 안 끝났습니다. 말씀드렸다시피 당신은 이만 한 방에서 포로로 여생을 보낼 가능성이 높습니다. 하지만 다른 선택지도 있습니다."

"질문에 대답하라는 소리군."

"그렇습니다. 말씀해주십시오. 이퀼리브리엄과 그들의 계획에 대해 아는 바를 모두 알려주십시오. 어떻게 당신들이 인류의 개척행성 열 곳을 부추겨 개척연맹에 반기를 들게 했는지, 이퀼리브리엄의 최종 목적이 뭔지, 처음부터 끝까지 하나도 빼지 말고 다 말씀해주십시오."

"그 보상은 뭐요?"

"자유입니다."

"이보시오, 중위. 당신이 내게 자유를 줄 권한이 있다고 내가 믿을 것 같소?"

"물론 그건 아닙니다. 당신 말대로 저는 일개 중위에 불과합니다. 하지만 이 제안을 한 사람은 제가 아닙니다. 개척방위군과 개척연맹 민간 정부 양쪽 최고위층에서 내린 결정입니다. 모든 사실을 밝혀주십시오. 그러면 이번 일이 끝날 때―이번 일의 정체가 무엇이고, 그게 언제 끝날지는 모르지만―당신은 르레이 정부로 인도될 것입니다. 물론 르레이 정부가 이퀼리브리엄과 엮여 있다고 한다면, 그들이 당신을 어떻게 할지는 또다른 문제입니다. 하지만 만약 당신이 특별히 잘 협조해준다면, 우리는 당신이 매우 귀중한 정보의 보고라는 사실을 몰랐던 것처럼 보이려고 노력할 겁니다. 그냥 평범한 군사령관인 줄 알았다고 말입니다."

"실제로 그렇소. 내 명령권은 이번 임무에 국한되어 있었소."

나는 고개를 끄덕였다.

"물론 그렇게 나오실 줄 알고 있었습니다. 당신 입장을 충분히 이해하니까요. 필요 이상의 정보를 발설하실 까닭이 없죠. 하지만 우리는 중요한 사실을 알고 있습니다. 당신은 우리가 그걸 알고 있을 줄은 꿈에도 모를 겁니다."

"그게 뭐요, 중위?"

"사령관님. 이 우주선이 어딘가 낯이 익지 않으십니까?"

"아니. 생소한데."

"실망스럽군요. 전에 이 배에 승선한 적이 있으실 텐데요."

"그럴 리가."

"사실입니다."

나는 천장을 올려다보고 말했다.

"레이프, 계속 듣고 있었죠?"

그러자 스피커에서 새로운 목소리가 흘러나왔다.

"알면서 뭘 물어요."

통역된 내 목소리와 살짝 다른 통역 음성이 거의 곧바로 뒤따라 나왔다.

나는 빙그레 웃었다.

"좋습니다."

그러고는 다시 트반을 보며 말했다.

"트반 사령관님, 우리 조종사인 레이프 다킨을 소개하겠습니다. 더 정확히 말하자면 다시 소개한다고 해야겠죠. 두 분은 구면이니까요."

"무슨 소린지 모르겠소."

다킨이 말했다.

"날 잊었습니까? 서운하군요, 사령관. 난 당신을 똑똑히 기억하는데. 당신이 내 우주선을 날려버리겠다고 위협하던 광경, 우리 선장과 행정주임을 쏴 죽인 일, 당신과 오캄포 차관이 선원 모두를 죽일 가장 좋은 방법을 수군대던 모습이 생각나는군요. 당신과 관련된 모든 일이 하나도 빠짐없이 기억납니다, 사령관."

트반은 대꾸하지 않았다. 내가 말했다.

"아, 이제 겨우 기억나셨나 보군요. 이 우주선은 챈들러 호입니다, 사령관님. 당신이 납치한 우주선, 그리고 당신이 잃어버린 우주선 말입니다. 음, 엄밀히 따지면 당신이 아니라 이퀼리브리엄이죠. 우리는 당신이 그 집단의 일원이라는 걸 압니다. 그리고 당신이 일개 야전 사령관이 아니라는 것도 압니다. 당신은 이퀼리브리엄 군대의 핵심 요인입니다. 따라서 당신이 하르툼에서 우리 병사들을 요격한 부대를 지휘한 것은 우연이 아닙니다. 이유가 있어서 여기 와 있던 거죠."

트반이 대뜸 내게 물었다.

"당신은 어떻게 여기 있는 거요?"

"무슨 말씀이시죠?"

"이 우주선은 하르툼 행성의 반란 때문에 투입된 CDF 전함을 노린 공격을 저지했소. 어떻게 알았던 거요? 어떻게 그걸 막으러 여기 왔소?"

"내부 첩보가 있었거든요."

"누가 준 정보요?"

"누구일 것 같습니까?"

다킨이 끼어들었다.

"힌트를 드리죠. 내가 탈출할 때 당신네한테서 훔쳐 온 자입니다."

내가 다시 말했다.

"오캄포 차관은 지금껏 매우 협조적이었습니다. 하르툼 행성이 독립을 선언했을 때, 거기 보낼 전함을 노리는 함정이 있을 공산이 크다고 그가 알려줬죠. 때마침 근처 도약 지점에 있었던 챈들러 호가 명령을 받고 온 겁니다. 개척연맹으로서는 대규모 함대를 보내 일을 키우고 싶지 않았으니까요."

다킨이 한마디 했다.

"이 우주선의 무기 시스템을 복원해줘서 고맙습니다. 덕분에 아주 요긴하게 써먹었죠."

트반이 중얼거렸다.

"오캄포 차관은 협조할 수밖에 없겠지. 뇌만 남은 채 격리실에 갇혔을 테니까."

다킨이 이죽거렸다.

"댁은 거기 안 들어갈 거라고 생각합니까? 한 가지 뉴스를 알려드리죠. 지금 당신은 격리실을 거부할 수 있는 처지가 아니라는 겁니다."

트반이 내게 말했다.

"오캄포가 있으면 나는 필요 없잖소. 오캄포는 작전 정보를 나보다 훨씬 더 많이 알고 있는 자요. 우리 계획의 주된 설계자니까."

"압니다. 우리는 그가 아는 모든 정보를 갖고 있습니다. 문제는 그 사실을 당신들도 안다는 점입니다. 레이프가 차관을 데리고 탈주하자마자 그걸 예상했을 테니까요. 즉, 이퀼리브리엄이 기존 계획을 실행할 수 없다는 뜻입니다. 새로운 작전을 세웠겠죠. 일정을 앞당겨 진행할 작전 말입니다. 오캄포는 자신이 아는 것을 바탕으로 추측은 할 수 있습니다. 하지만 지금 우리는 추측 이상의 정보가 필요합니다."

"난 지금 붙잡혀 있소. 따라서 이퀼리브리엄은 계획을 수정할 거요."

"아닙니다. 당신은 죽었습니다. 적어도 이퀼리브리엄은 그런줄 알 겁니다. 당신을 비롯해 다른 모든 르레이가 신원도 밝혀지지 않은 채 증발해버렸다고 말입니다. 그리고 당신은 개척연맹을 함정으로 유인하는 임무를 완수하고 죽었고, 덕분에 하르툼이 개척연맹을 공격한 것처럼 보이게 됐다고 말이죠. 어쨌든 제법 교묘한 술수였습니다."

트반은 다시 입을 다물었다.

"우리는 대외적으로 그렇게 알릴 계획입니다. 이번 일을 하르툼의 소행으로 돌리는 거죠. 따라서 이퀼리브리엄은 현재 계획을 계속 진행할 겁니다. 그 계획이 뭔지 사령관님이 말씀해 주시기 바랍니다."

"내가 거부하면?"

다킨이 쏘아붙였다.

"벽에 익숙해지는 게 좋을 겁니다."

내가 그에게 말했다.

"레이프, 잠시만 자리를 비켜주겠습니까?"

다킨이 연결을 끊고 빠지자 내가 트반에게 말했다.

"당신은 내가 처음 만난 르레이가 아닙니다."

"물론 지금껏 많은 르레이를 죽였겠지."

"제 말은 그런 뜻이 아닙니다. 개인적으로 알고 지낸 르레이가 있었다는 말입니다. 카이넨 수엔 수라는 이름의 과학자였습니다. 당신처럼 우리에게 붙잡힌 르레이였죠. 제가 그를 담당했습니다."

"감시자로서?"

"아뇨, 조수 노릇을 했습니다. 우리는 여러 연구를 함께 진행했는데, 그가 리드하고 저는 그의 지시에 따랐습니다."

"그렇다면 반역자였군."

"아마 그 친구도 아니라고는 안 할 겁니다. 우리를 도우면 자신의 지식이 르레이에게 불리하게 쓰일 수 있다는 걸 알고 있었으니까요. 그런데도 우리를 도왔고, 그러는 동안 그와 저는 친구가 되었습니다. 그는 이제껏 제가 만난 이들 중 가장 놀라운 존재 중 하나였습니다. 저는 그를 알게 된 걸 영광으로 생각합니다."

"그자는 어찌 됐소?"

"죽었습니다."

"어쩌다?"

"자신의 친구였던 병사에게 죽여달라고 부탁했습니다."

"왜 그런 부탁을 했지?"

"어차피 죽어가고 있었기 때문입니다. 우리가 그의 혈액에 독을 주입했는데, 날마다 그가 복용하던 해독제의 효과가 점점 떨어졌죠. 그래서 친구에게 고통을 끝내달라고 부탁한 겁니다."

"애초에 당신들이 가한 고통이었군."

"맞습니다."

"무슨 의도로 이런 이야기를 꺼냈는지 나로서는 갈피를 잡을 수가 없소, 중위."

"카이넨은 적이었지만 친구가 되었습니다. 그리고 우리가 그에게 저지른 끔찍한 짓에도 아랑곳하지 않고─실로 끔찍한 짓이었지만─여전히 저에 대한 우정을 잃지 않았습니다. 저는 그 일을 결코 잊지 못합니다."

"나와 댁이 친구가 될 일은 없을 것 같소."

"친구가 되자는 게 아닙니다, 사령관님. 이런 이야기를 드린 까닭은 적어도 제가 당신을 적으로만 보지는 않는다는 걸 알려드리기 위해서입니다."

"그 사실이 나한테 무슨 의미가 있는지 모르겠소. 내 말 이해할 거요, 중위."

나는 일어서서 대꾸했다.

"물론입니다. 그럴 수도 있다고만 아시면 됩니다. 당신이 원한다면 말입니다. 다시 만날 때까지 제가 드린 요청에 대해 생각해보십시오. 말할 준비가 되면 알려주시기 바랍니다."

내가 문으로 걸어가자, 트반이 탁자 위에 놓인 충격 목걸이를 가리키며 물었다.

"이건 다시 안 씌울 거요?"

"원하신다면 직접 쓰십시오. 하지만 저라면 안 그럴 겁니다."

나는 문을 열고 나갔다. 트반은 탁자 위의 목걸이를 물끄러미 바라보았다.

"저를 죽일 건가요?"

무기 기술자 케트린 세 라우가 내게 물었다. 우리 둘은 앞서 내가 트반과 이야기를 나눈 방에 있었다. 방의 내부는 바뀌어 있었다. 라우는 충격 목걸이를 하고 있지 않았다. 그에게는 그럴 필요가 없었다.

내가 대답했다.

"리 중위의 보고가 정확하다면, 우리가 당신을 죽이지 않을 거라고 그녀가 약속했을 텐데요."

"그건 그녀의 약속이었죠. 당신은 새로운 사람이고."

"우리가 당신을 죽일 거라고 생각합니까, 라우?"

"인간들은 적에게 친절하지 않다고 들었습니다."

"네, 틀린 말은 아닐 겁니다. 하지만 걱정 말아요, 라우. 우리는 당신도 트반 사령관도 죽일 생각이 없습니다."

나는 안도감이 퍼지는 르레이의 몸을 지켜보며 덧붙였다.

"사실 우리는 이 모든 일이 끝나면 당신을 르레이 정부로 송환할 예정입니다."

"그게 언제죠?"

"솔직히 말씀드리자면, 시간이 좀 걸릴 겁니다. 현재 진행 중인 분쟁을 끝내야 하거든요. 그동안 당신은 우리 손님으로 있게 됩니다."

"포로라는 뜻이겠죠."

"네. 하지만 그 틀 안에서 꽤 좋은 대우를 받을 겁니다."

"저는 중요한 정보를 하나도 모릅니다. 기술자니까요. 제가 하는 일과 관련된 특수 정보만 알죠."

"당신이 기술자 등급 이상의 정보를 모른다는 건 우리도 압니다. 이퀼리브리엄의 비밀 계획을 알 거라고 기대하지 않아요."

"그럼 제가 리 중위에게 말하지 않은 것 중에 뭐가 알고 싶은 거죠?"

"난 당신이 아는 것보다 들은 것에 관심이 있습니다. 소문이나 추측 뭐 그런 것들 말입니다. 우린 둘 다 병사입니다, 라우. 비록 종족은 다르지만, 아마 한 가지는 똑같을 겁니다. 우리가 하는 일이 대개 따분하다는 것. 그래서 친구들과 수다를 떨며 시간을 보내죠. 난 그 수다에 관심이 있습니다."

"제가 모르는 단어지만 무슨 뜻인지는 알 것 같습니다."

"'수다'요? 네, 아마 짐작이 갈 겁니다. 난 당신한테도 관심이 있습니다, 라우."

"어떤 점이요?"

"이퀼리브리엄에서의 경험 말입니다. 아주 간단한 질문부터 시작합시다. 우선 어쩌다 그들과 엮이게 됐습니까?"

"그건 당신들 탓입니다. 당신 말고 인류 말이에요. 인류와의 전쟁에서 우린 패배했습니다. 무엇보다 원래 우리 편이었던 오빈이 등을 돌렸기 때문이죠. 그리고 나니 행성들도 잃고 힘이 약해지면서 군대가 축소되었습니다. 수많은 병사가 일자리를 잃었어요. 저도 그중 하나였죠."

"다른 일을 하면 되지 않습니까."

"행성들을 잃고 나니 기존의 영토로 다들 몰려들었습니다. 일자리를 구할 수가 없었어요. 인류와 오빈이 우리 군대만 축소시킨 게 아닙니다. 경제까지 죽였죠. 저는 원래 푸이그라는 식민 행성 출신입니다. 이제 그 행성은 우리 것이 아닙니다. 저는 불니 행성으로 이주했어요. 하지만 거기 일자리는 대부분 불니 원주민들 차지였습니다."

130

"그랬군요."

"그래서 예전에 제가 속한 부대의 사령관이 찾아와 이퀼리브리엄 이야기를 했을 때 한순간도 고민하지 않았습니다. 제 기술을 써먹을 기회와 일자리를 주겠다는 제안이었으니까요. 보수도 두둑했습니다. 결국 그토록 싫어했던 불니를 떠나게 됐습니다."

"이해가 갑니다."

"혹시 우리 행성들을 침략할 생각이라면 불니를 맨 먼저 공격해주세요."

나는 씩 웃었다.

"당장은 그럴 계획이 없지만 기억해두겠습니다. 이퀼리브리엄에서는 얼마나 오래 있었습니까?"

"저는 당신네 시간 단위를 모릅니다."

"르레이의 시간으로 말씀하세요. 계산은 내가 할 테니까."

"6년쯤 됐습니다."

"우리 시간으로는 5년 정도군요. 오래 일하셨네요."

"일이 꾸준히 있었거든요."

"그렇군요. 우리가 이퀼리브리엄을 알게 된 건 아주 최근입니다. 당신네 조직이 오랫동안 우리 감시망을 피한 셈이죠."

"인류의 첩보 능력이 변변치 않나 보네요."

"그럴 수도 있죠. 하지만 나는 그 이상의 뭔가가 있을 거라고 봅니다."

라우는 인간이 어깨를 으쓱하는 의미의 몸짓을 했다.

"우리 조직은 줄곧 소규모로 분산되어 있다가 최근에야 하나로 집중되었습니다. 처음 2년 동안은 더 큰 조직이 있는 줄도 몰랐어요. 저는 제 팀 하고만 일했거든요."

"그럼 당신은 자신을 용병이라고 생각했습니까?"

"네."

"용병 생활이 꺼림칙하지 않았나 보군요."

"굶지 않아도 돼서 좋았습니다. 그리고 앞서 말했다시피 선택의 여지가 별로 없었으니까요."

"자신을 용병으로 생각하고 있다가 이퀼리브리엄의 또 다른 존재들을 알게 됐군요."

"네."

"당신 팀이 별안간 더 큰 조직의 일부가 됐는데 신경 쓰이지 않았습니까?"

"아뇨. 용병 집단은 일반 회사와 비슷합니다. 가끔 다른 집단과 함께 일하기도 하고, 때로는 합쳐지기도 합니다. 어차피 같은 동료들과 일하고 보수도 제때 나왔기 때문에 달라진 건 전혀 없었어요."

"이퀼리브리엄의 정치적 목적에 대해서는 어떻게 생각했습니까?"

"저는 찬성했습니다. 지금도 그렇고요. 개척연맹은 우리의 적이니까요. 그리고 콘클라베는 우리가 행성을 개척하는 걸 용납하지 않습니다. 심지어 원래 우리 행성이었던 곳을 되찾는 것도 못 하게 하죠. 개척연맹과 콘클라베 때문에 우리의 삶이 너무 어려워졌습니다. 그 앙갚음을 해주자는데 반대할 이유가 없죠."

"알겠습니다."

"하지만 오해는 마세요. 저 같은 기술자는 조직의 정치철학을 깊이 생각하지 않습니다. 당신은 안 그런가요? 개척연맹의 윤리와 철학, 행위의 의미 따위를 많이 생각합니까?"

나는 빙그레 웃었다.

"실은 그렇습니다. 하지만 깊이 생각하는 건 나의 개인적인 취미입니다. 내가 특이하다는 건 나도 인정합니다."

"제가 하는 일은 통신 장비 관리입니다. 당장 처리해야 하는 일과 동료들 생각을 하며 지내는 게 대부분이죠. 깊은 생각과는 거리가 멉니다."

"이번 임무에는 처음부터 함께 일한 동료들과 참여했습니까?"

"아뇨. 제가 속했던 팀의 동료들은 챈들러 호가 이퀼리브리엄 본부를 공격했을 때 거의 다 죽었습니다. 저는 새로 온 기술자들을 훈련시키려고 한시적으로 다른 팀에 배속된 덕분에 살았죠. 그 사건 이후 트반 사령관이 이끄는 그 팀에 계속 남았습니다. 당신네가 이번에 괴멸시킨 팀 말입니다."

"친구들을 잃게 해서 미안합니다."

"고맙습니다. 진심으로 미안해하는지는 모르겠지만, 말이라도 그렇게 해주니 고맙네요."

"솔직히 트반 사령관보다 당신이 더 협조적입니다."

"저는 감출 비밀이 없으니까요. 죽는 것도 싫고요."

"당신이 우리에게 순순히 털어놓겠다고 했을 때 트반 사령관이 화를 냈다더군요. 당신 입을 막기 위해 공격하려 했다고 말입니다."

"그분은 감춰야 할 비밀이 저보다 훨씬 많으니까요."

"당신이 우리에게 협조하는 걸 알면 못마땅해할 겁니다."

이 말에 라우는 요란하게 르레이의 웃음을 터뜨렸다.

"아까 중위님이 말씀하셨다시피 저는 용병입니다. 이퀼리브리엄에 고용되었을 때부터 줄곧 그랬죠. 이퀼리브리엄이 보수는 후하지만, 지금은 그 돈에서 땡전 한 푼 쓸 수가 없어요. 반면 당신은 날 죽일 수 있죠. 억만금을 준대도 제 목숨과 바꿀 수 없는 노릇입니다."

"아주 현실적인 가치관이군요."

"난 당신이 그걸 좋아할 거라고 생각했습니다."

"물론입니다. 아주 좋죠. 아마 내 상관들도 좋아할 겁니다."

"당신이 그렇게 말해주길 기대했습니다. 명심하세요. 제가 아는 건 그리 많지 않습니다. 아무것도 감추지는 않겠지만, 대단한 정보를 기대하진 마세요."

"앞서 말했듯이, 내가 당신한테 듣고 싶은 정보는 트반 사령관에게 듣고 싶은 정보와 다릅니다. 난 당신 이야기가 아주 쓸모 있으리라 생각합니다."

"그럼 시작하죠. 그 전에 한 가지 부탁이 있습니다."

"뭡니까?"

"점심 좀 주세요."

"당신 내가 누군 줄 아시오?"

상당히 거만한 목소리로 마사히코 오카다가 물었다. 이번에도 같은 방이지만, 등장인물들은 살짝 달라졌다. 오카다는 탁자 앞에 앉아 있었다. 나는 문 옆 벽에 기대어 서 있었다. 오카다의 질문은 나에게 한 것이 아니라 그의 바로 맞은편에 앉아 있는 사람에게 한 것이었다.

"당신은 마사히코 오카다입니다."

개척연맹 대사이자 내 상관이기도 한 오드 아붐웨가 대답했다.

"맞소. 그렇다면 내 지위도 아시겠군."

"알다마다요. 당신은 현재 개척연맹의 전쟁 포로입니다."

오카다는 떨리는 목소리로 고함을 질렀다.

"나는 하르툼 행성의 수상이오!"

"아뇨. 당신은 수상이 아닙니다. 한때는 그랬겠지만, 그건 당신이 개척연맹에 대한 노골적인 반란을 도모하기 전입니다. 당신이 우주선들에게 개척방위군 전함을 공격하라는 명령을 내리기 전, 낙하하는 CDF 병사들을 지상의 무기로 요격하라고 명령하기 전입니다. 과거에 무엇이었건 간에, 오카다 씨, 당신은 지금 반역자요 살인자요 전쟁 포로입니다. 그 이상도 그 이하도 아닙니다."

"무슨 소리를 하는지 모르겠군. 우린 개척연맹으로부터의 독립을 선언했을 뿐이오."

"당신은 개척연맹에 독립을 선언하고 비밀 장소로 은신했습니다. 그건 개척연맹이 하르툼의 독립을 부정하고 당신을 체포하러 군대를 보낼 걸 알고 있었음을 의미하죠. 그리고 우리가 보낸 전함은 공격받았습니다. 하르툼 사람들이 아니라 전혀 엉뚱한 자들에게 말입니다, 오카다 씨."

"난 그 어떤 공격도 승인한 적 없소."

아붐웨는 크게 한숨을 내쉬었다. 오카다가 씩씩대며 말했다.

"갈레아노 국무장관과 이야기하고 싶소. 당신과 개척방위군 앞잡이들이 나한테 무슨 짓을 했는지 장관이 알면, 당신은 해임되는 것만으로도 행운으로 여기게 될 거요."

"오카다 씨." "오카다 수상이오."

"오카다 씨."

아붐웨가 계속 같은 호칭으로 부르자, 분노한 오카다의 목과 얼굴이 붉으락푸르락해졌다. 아붐웨가 계속 이야기했다.

"당신은 자신의 위엄만으로 이 상황을 바꿀 수 있다고 믿나 보군요. 선거 운동 할 때의 우렁찬 목소리로 요구하면 내가 굽

실거릴 줄 아나 봅니다. 당신은 내가 뭘 하러 여기 왔는지 오해하고 있습니다, 오카다 씨. 내 목적은 당신이 과거의 자랑스러운 지위로 돌아가는 것을 막는 게 아닙니다. 당신이 뇌만 남은 채 질척한 양분이 담긴 투명한 통 속에 떠 있는 신세가 되는 걸 막아주러 왔습니다."

벌게졌던 오카다의 뺨이 금세 창백해졌다.

"무슨 소리요?"

"들으신 대로입니다, 오카다 씨. 당신은 하르툼 행성을 개척연맹으로부터 독립시키겠다고 선언함으로써 반역자 낙인이 찍혔습니다. 그 죄목만으로도 남은 삶을 개척연맹 감옥에서 보내야 할 겁니다. 물론 사형을 언도받지 않는다면 말이죠. 하지만 당신은 개척방위군까지 공격했습니다. 그리고 개척방위군은 소속 병사들을 죽인 행위를 용서하지 않습니다. 특히 당신이 이 행성 전체의 수상으로서 개척연맹의 적들과 함께 공격을 계획하고 실행한 사실이 명백해지면 결코 용서하지 않을 겁니다.

이번 일로 개척방위군은 당신을 죽이지 않을 겁니다, 오카다 씨. 당신 머리에서 뇌를 꺼내 통 속에 가둬놓을 겁니다. 당신이 아는 것을 하나도 빠짐없이 실토할 때까지 영원히 말입니다. 그리고 심문이 끝나면 다시 통 속에 넣어 영원히 격리시킬 겁니다."

오카다가 눈을 끔뻑이며 나를 보았다. 나는 이 방에서 내 역할이 뭔지 알고 있었다. 개척방위군이 오카다에게 가할 온갖 끔찍한 처벌을 묵묵히 상징하는 존재였다. 물론 나는 뇌를 꺼내는 행위를 명백한 범죄로 보기에 개인적으로 반대하지만, 지금은 그런 견해를 피력하기에 적절한 때가 아니었다.

아붐웨의 말이 이어졌다.

"당신이 아직 수술대로 끌려가지 않은 이유는 단 하나입니다. 당신의 옛 지위에 대한 예의상 내가 당신에게 선택의 기회를 주러 왔기 때문입니다. 이제 당신이 아는 것을 모두 실토하세요. 머뭇거리지 말고, 하나도 빼먹지 말고, 거짓 없이. 이퀄리브리엄과의 거래부터 시작합시다. 다 털어놓으면 당신의 모습을 유지할 수 있습니다. 아니면 수술대로 가시거나."

오카다가 입을 열었다.

"난 그 공격을 승인하지 않았소."

아붐웨는 혐오가 가득한 표정으로 자리에서 벌떡 일어났다.

"잠깐만!"

오카다가 한 손을 들고 애원하듯 소리쳤다. 아붐웨는 가만히 서 있었다.

"이퀄리브리엄과 거래한 건 맞소. 하지만 개척연맹이 하르툼을 공격할 때만 방어해주기로 한 것뿐이오. 대대적인 공격 말이오. 개척방위군 전함 한 척이 올 경우는 해당되지 않았소."

내가 한마디 했다.

"하지만 당신은 비밀 장소에 숨었습니다. 내각까지 대동하고."

오카다가 내게 쏘아붙였다.

"우린 바보가 아니오. 당신네가 우리를 잡으러 올 줄은 알고 있었소. 우린 최대한 늦게 잡히려고 숨은 거요. 그리고 당신들이 나를 찾느라 기간 시설을 파괴하고 민간인 사상자를 내지 않게 하려고 그랬소."

그는 다시 아붐웨를 보고 말했다.

"우리가 체포되리라는 것은 줄곧 알고 있었소이다. 개척연맹이 전함 한 척을 보내리라는 것도 알고 있었지. 전함 한 척이면 모든 내부 문제를 처리할 수 있다는 걸 개척연맹이 과시하려들 테니 말이오. 우리는 체포되길 원했소. 우리의 계획은 시민 불복종이었소. 독립 선언을 준비하는 다른 개척행성들에게 자극을 주려던 거였단 말이오."

내가 대꾸했다.

"대신 싸워줄 외부 세력을 끌어들이는 건 일반적인 시민 불복종이 아닐 텐데요."

"수상과 내각이 시민 불복종에 참여하는 것과 3억 6000만 명이 개척연맹에게 무방비 상태가 되는 것은 별개의 문제요. 우리가 이퀼리브리엄과 맺은 거래는 방어와 억제이지 공격이 아니었소."

아붐웨가 다시 앉으며 말했다.

"하지만 결국 공격했습니다."

"내 지시가 아니오. 난 당신네 병사들이 우리 은신처에 들이

닥쳐 나를 끌어낼 때 그 사실을 처음 알았소."

아붐웨는 나를 돌아보았다. 나는 어깨를 으쓱했다.

오카다가 반발했다.

"내 말은 사실이오! 난 우라질 유리통 속에 갇힌 뇌가 되기 싫단 말이오, 알겠소? 난 이퀼리브리엄에게 속은 거요. 트반 사령관에게 속았소. 그자는 오로지 방어만 해주겠다고 말했소. 먼저 독립 선언을 해서 다른 행성들의 본보기가 되라고 우리를 부추겼소. 그리고 이퀼리브리엄이 우리를 지켜주듯 다른 행성들도 지켜주리라는 걸 깨닫게 하라고 했소."

"그럼 트반 사령관은 왜 그랬습니까? 어째서 우리를 공격했죠?"

"그자한테 물어보지 그러시오?"

"이미 물어봤고 다시 물어볼 겁니다. 하지만 지금은 당신한테 물었습니다. 생각해보세요."

오카다는 씁쓸하게 웃었다.

"이퀼리브리엄의 계획이 뭔지는 몰라도 우리의 계획과는 상당히 다르기 때문이겠지. 그게 어떤 계획인지 나로서는 짐작도 안 가오. 내가 아는 건 하나뿐이오, 대사. 난 이용당했소. 우리 정부도 이용당했소. 우리 행성도 이용당했소. 이제 모두가 그 대가를 치르게 될 거요."

아붐웨가 이번에는 덜 극적으로 다시 일어섰다.

오카다가 물었다.

"이제 어떻게 되는 거요?"

"당신이 수술대에 올라가지 않도록 하겠습니다."

"내 질문은 그게 아니오. 하르툼 행성은 어떻게 되냔 말이오. 개척연맹이 우리 행성을 어떻게 할 것 같소? 우리 국민은 어찌 되는 거요?"

"나도 모릅니다, 오카다 수상."

아붐웨는 오카다가 자기 생각만 하지 않고 그가 대표하는 사람들을 처음으로 걱정했기에 수상이라는 호칭을 써주었다. 물론 오카다가 그 사실을 눈치챘는지는 의문이었다.

"시간이 별로 없어. 머지않아 이퀼리브리엄은 이번 공격이 실패했다는 사실을 알게 될 거야."

아붐웨가 현재 자신의 고문단에게 말했다. 그녀의 보좌관인 힐러리 드롤릿, 챈들러 호의 선장 네바 발라, 내 친구 하트 슈미트, 그리고 나. 이번에도 그 작은 방에서 우리 모두가 비좁게 모여 앉아 있었다.

내가 한마디 했다.

"저는 실패라고 보지 않습니다."

발라 선장이 나를 보고 물었다.

"왜 그렇게 생각하죠? 튀빙겐 호는 완파되지 않았어요. 반면 튀빙겐 호를 공격한 두 우주선은 파괴됐죠. 우리 병사들을 공격한 르레이 부대도 마찬가지로 반격을 받고 포로 두 명만 남긴 채 전멸했어요. 그리고 하르툼 행성의 독립은 좌절됐어요. 오히려 개척연맹으로부터 더욱 직접적인 통제를 받게 됐습니다. 그 점을 분명히 하기 위해 개척방위군 전함 20척이 지금 여기로 오고 있어요."

나는 손가락으로 그녀를 가리키며 강조했다.

"하지만 그게 바로 실패하지 않았다는 증거입니다."

아붐웨가 내게 말했다.

"무슨 뜻인지 설명해봐요, 중위."

나는 모두에게 물었다.

"이퀼리브리엄이 원하는 게 뭡니까? 개척연맹의 동요와 붕괴입니다. 물론 콘클라베도 마찬가지지만, 지금은 우리에게 초점을 맞춥시다."

발라가 대꾸했다.

"그건 맞아요. 하지만 그들은 실패했어요. 하르툼은 여전히 개척연맹 소속이에요. 이퀼리브리엄은 개척연맹을 붕괴시키지 못했어요."

"붕괴만이 문제가 아닙니다. 동요도 중요하죠. 지금 개척방위군이 함대를 보낸 건 튀빙겐 호의 생존자들을 데려가기 위해서만이 아니라 반란 행성을 통제하려는 목적이기도 합니다. 방금 20척이라고 하셨죠, 선장님?"

"맞아요."

"개척연맹이 외계 종족의 직접적인 공격을 받지 않은 개척행성에 그렇게 많은 CDF 전함을 보낸 사례가 언제 또 있었습니까?"

"머리 속에 컴퓨터가 있는 당신이 말해 봐요."

"100여 년 전입니다."

그러자 하트가 내게 말했다.

"지금처럼 대규모 반란이 일어난 적은 없었어."

그는 다른 사람들을 둘러보고 계속 이야기했다.

"해리와 저는 오카다 수상을 체포하러 내려갔던 튀빙겐 호의 소대장 리 중위와 이야기를 나눴습니다. 그녀 말로는 최근 수차례의 임무가 모두 개척연맹 행성들의 반란을 미리 차단하거나 이미 시작된 반란을 진압하는 것이었다고 합니다. 이건 새로운 상황입니다. 전에 없던 일이죠."

내가 다시 말했다.

"제 생각이 그겁니다. 개척연맹은 이미 동요하고 있습니다. 전함 스무 척으로 해결될 문제가 아니죠."

발라가 대꾸했다.

"난 잘 모르겠어요. 앞으로 하르툼에서는 어느 누구도 섣불리 굴지 않을 것 같은데요."

아붐웨가 발라에게 말했다.

"하지만 지금 문제는 하르툼만이 아니야."

그러고는 나를 보고 덧붙였다.

"당신이 다음에 하려던 말이 이거죠?"

"네. 대사님 말씀이 맞습니다. 우리는 하르툼이 공동으로 독립 선언을 하려던 개척행성 열 곳 중 하나라는 걸 알고 있습니다. 이퀄리브리엄이 자신의 목적을 위해 그들을 부추겼죠. 개척연맹이 대규모 함대를 동원하게 만든 것도 그 목적의 일환이었을 겁니다."

발라가 반박했다.

"하지만 우리 함대를 보면 나머지 행성들은 위축될 거예요."

하트가 말했다.

"분노할 수도 있죠."

나도 한마디 보탰다.

"아니면 자극을 받아 무기를 들거나. 이번처럼 말이죠."

발라가 말했다.

"'무기를 든다'라는 말이 우습네요. 왜냐하면 그들에게는 무기가 전혀 없으니까요. 모든 무기는 개척연맹 쪽에 있어요. 자극받건 분노하건 혹은 둘 다이건 간에, 파티는 끝났다는 개척연맹의 메시지는 다들 새겨들을 거예요."

나는 아붐웨를 바라보았다. 그녀가 말했다.

"이퀄리브리엄이 나머지 개척행성들과도 줄곧 모의를 해왔다면 사정이 다르지."

내가 맞장구쳤다.

"맞습니다. 이퀄리브리엄은 소규모 집단이라 어떻게든 최대 효과를 내야만 합니다. 작은 손짓으로 큰 물결을 만들어야 하

144

죠. 이건 우리에게 배운 전술입니다."

아붐웨가 물었다.

"무슨 뜻이죠?"

"로아노크에서 우리가 콘클라베와 싸웠던 방식 말입니다. 콘클라베를 구성하는 400개 외계 종족은 각자 군대를 갖고 있습니다.

전함 대 전함으로 맞붙어서는 우리에게 승산이 없었죠. 그래서 덫을 놓고 그들의 대규모 함대를 유인해 교묘한 속임수로 괴멸시킨 다음, 그 사건의 여파로 콘클라베가 붕괴되길 기다렸습니다."

발라가 한마디 했다.

"그 계획이 성공하지 못했다는 작은 증거가 있죠. 결국 콘클라베는 존속했습니다."

"하지만 그 후로 콘클라베는 예전 같지 않았습니다. 로아노크 이전에는 감히 대적할 수 없는 가공할 거대 세력이었죠. 로아노크 이후에는 노골적인 반란이 일어났고, 그들의 지도자 가우 장군을 노린 첫 암살 시도까지 있었습니다. 그 불안한 상황은 지금껏 해소되지 않았으며, 가우는 나중에 결국 암살당했습니다. 우리가 그렇게 만든 겁니다. 로아노크 사건이 가우의 죽음으로 이어졌죠. 오늘날의 콘클라베는 개척연맹의 작품인 셈입니다. 이는 개척연맹 스스로 이퀄리브리엄이 탄생할 수 있는 여건을 조성했다는 뜻일 수도 있습니다."

아붐웨가 말했다.

"그리고 이제는 이퀼리브리엄이 개척연맹을 뒤흔들고 있지."

"네, 그럴 속셈인 것은 틀림없습니다."

"어쩐지 아이러니하군요."

나는 고개를 끄덕였다.

"우리가 명심해야 할 것은 이퀼리브리엄이 그들만의 목적을 위해 움직인다는 점입니다."

나는 현재 하르툼의 수상이 구금되어 있는 아주 작은 방 쪽을 가리키며 말을 이었다.

"오카다와 그의 정부는 이퀼리브리엄의 손에 놀아났습니다. 우리를 공격한 것은 이퀼리브리엄이었지만, 정작 처벌을 받은 쪽은 그들이 아니라 하르툼입니다."

하트가 한마디 했다.

"개 옆에 누우면 벼룩이 옮게 마련이지."

나는 모두를 향해 말했다.

"맞는 말입니다. 물론 오카다의 행위를 변호할 생각은 없습니다. 만약 그와 그의 정부가 이퀼리브리엄을 집 안에 들이지 않았다면 지금 같은 신세가 되지는 않았을 겁니다. 하지만 이퀼리브리엄은 이번 거래의 목적을 달성했습니다. 개척연맹의 감독이 강화될수록 개척연맹에 대한 반발은 더욱 거세질 겁니다. 여기만이 아니라 이번 일을 알게 될 모든 행성에서 말입니다."

발라가 지적했다.

"하지만 개척연맹은 정보를 독점하다시피 하고 있어요."

내가 대꾸했다.

"그랬죠. 이제는 아닙니다. 그리고 의도적으로 모든 정보를 통제해 개척연맹을 통해서만 정보를 접하게 하는 것은 보편적 윤리의 문제를 접어두더라도 그 자체로서 문제가 됩니다."

아붐웨가 한마디 거들었다.

"이퀼리브리엄이 이곳에서 벌어진 사건에 대해 자체적으로 정보를 만들어 나머지 개척행성들에게 퍼트리겠죠."

"맞습니다. 여기서 다시 이퀼리브리엄이 최대 효과를 노린다는 점을 상기해야 합니다. 그들이 개척연맹에 대한 불신을 이용해 이퀼리브리엄이 개척행성들의 눈에 공정한 정보 전달자로 비치게 하는 건 어려운 일이 아닙니다."

나는 아붐웨를 보고 말을 이었다.

"대사님은 우리에게 시간이 별로 없다고 하셨죠. 제 생각에는 이미 시간이 바닥났다는 것이 더 정확한 표현입니다. 틀림없이 이퀼리브리엄은 벌써부터 자체 정보를 흘리고 있을 겁니다. 그리고 놈들이 하르툼 상공에 떠 있는 우리 함대의 영상을 퍼뜨리면, 반란 행성들은 개척연맹의 의도를 확신하게 될 겁니다."

발라가 물었다.

"반란 행성들의 상황을 우리가 어떻게 알죠?"

아붐웨가 대답했다.

"그런 행성들, 즉 그들 정부 안에 개척연맹의 친구들이 전혀 없지는 않아. 당분간 그들이 우리에게 계속 정보를 주고 있어."

"그런데 우리가 지금껏 아무런 조치도 취하지 않았나요? 이때까지 보고만 있었다는 말입니까?"

"개척행성들의 정치 문제에 대해 개척연맹은 가능한 한 조용히 처리하는 방식을 선호해. 더 이상 그런 방식이 통하지 않을 때까지는."

아붐웨는 어깨를 으쓱하고 덧붙였다.

"지난 수십 년 동안은 통했지. 개척연맹은 변화를 좋아하지 않아. 그리고 고위층에서는 여전히 그런 문제를 조용히 해결할 수 있다고 믿어. 개척행성들의 모든 행위를 통제할 수 있을 거라고 말이야."

"지금은 그 방식이 잘 먹혀들지 않는군요, 대사님."

"그래, 안 먹히지."

"하지만 개척행성들이 이퀼리브리엄과 손잡았다는 정보는 전혀 없잖습니까?"

이번에는 내가 발라에게 말했다.

"우리가 명심해야 할 것은 이퀼리브리엄의 핵심 주도자 중 한 명이 우리 국무성의 고위 인사였다는 점입니다. 따라서 개척행성들의 독립 운동에 대해 우리가 갖고 있던 정보들은 실은 고도로 편집되었을 가능성이 매우 높습니다. 그리고 오캄포가 체포되자마자 이퀼리브리엄은 당연히 전술을 수정했을 겁니다. 적어도 제 짐작은 그렇습니다."

발라가 나를 보고 물었다.

"당신은 늘 그런 망상에 사로잡혀 있나요?"

나는 빙그레 웃었다.

"문제는 저의 망상이 아닙니다, 선장님. 이 세계가 저의 망상을 매번 정당화해준다는 게 문제죠."

아붐웨가 다시 내 쪽으로 눈을 돌렸다.

"망상이건 아니건 간에, 당신의 분석은 이번 사건이 이퀼리브리엄에게 성공적이었다는 거로군요."

"네. 물론 완벽하지는 않았습니다. 아마 그들은 튀빙겐 호를 파괴하고 선원들을 전부 죽인 다음, 모든 책임이 하르툼 정부에 있는 것처럼 보이게 하고 싶었을 겁니다. 우리를 감쪽같이 속이고 싶었겠죠. 하지만 지금처럼 거짓 정보를 퍼뜨려 사람들을 현혹시킬 수는 있습니다. 이퀼리브리엄은 개척연맹이 속임수와 거짓말을 일삼는 집단으로 비치게 하는 전략을 구사합니다. 그게 먹혀들죠. 왜냐하면 실제로 개척연맹은 속임수와 거짓말을 일삼으니까요."

하트가 물었다.

"그럼 그들의 다음 단계는 뭐지?"

아붐웨가 대답했다.

"아마 그게 중위가 하려는 말의 요지일 거예요. 그들은 다음 단계가 필요 없어요. 우리가 늘 하는 짓을 하기만 기다리면 되죠. 우리가 늘 하던 방식대로 말이에요."

나는 고개를 끄덕였다.

"우리가 알아서 동요하는데 굳이 우릴 뒤흔들 필요가 있겠습니까?"

발라가 아붐웨에게 말했다.

"그래도 뭔가 목적은 있어야 합니다."

그녀는 다시 나를 보았다.

"이봐요, 중위. 나는 당신이 이 얽히고설킨 복잡한 사건들에 대해 아주 깊이 생각하는 건 이해해요. 그 생각이 틀렸다고는 하지 않겠어요. 하지만 이퀼리브리엄이 장난삼아 이런 짓을 하지는 않을 거예요. 허무주의자들이 아니라면 말이죠. 뭔가 목적이 있어요. 어떤 계획이 있을 거라고요. 그들이 노리는 게 틀림없이 있어요."

"모든 것의 종말이겠죠. 혹은 덜 극적이지만, 개척연맹이나 콘클라베 또는 양쪽 모두의 분열, 그리고 우리가 속한 이 작은 우주 안에서 모든 종족이 끊임없이 전쟁을 벌이는 시대로의 회귀일 겁니다."

하트가 말했다.

"대체 그걸 왜 바라는지 도통 모르겠어."

내가 대꾸했다.

"어떤 자들에게는 그때가 호시절이었으니까. 솔직히 말해봐, 하트. 그때가 우리에게도 호시절이었잖아? 인류에게 말이야. 더 정확히 말하자면 개척연맹의 호시절이었지. 타 종족을 깡그리 죽여 몰아내고 그들의 땅을 차지하는 식으로 수세기 동안 건재했으니까. 사실 오늘날까지 인류의 모든 문명은 그런 방식으로 이룩되었지. 따라서 개척연맹이 붕괴될 위험을 무릅쓰고라도 그 시절로 돌아가려는 자들이 있는 건 당연해. 그때로 돌아가면 우리는 전보다 더 간악해질 거야."

"안 그러면 우리가 죽을 테니까."

"그건 그래. 달걀을 깨지 않고서는 오믈렛을 만들 수 없어. 하지만 달걀의 내용물을 프라이팬에 정확히 떨어뜨리는 것도 중요하지."

"무슨 소린지 모르겠는걸."

"개척연맹의 붕괴는 인류의 생존 문제에서 결코 가볍게 볼 일이 아니라는 뜻이야. 어쩌면 새로운 뭔가를 구상하기도 전에 인류가 멸종될 수도 있어."

"내 말이 그거야. 좀 짧게 말했을 뿐이지."

발라가 끼어들었다.

"모든 것의 종말이 목적이건 아니건 간에, 지금 내 관심사는 그게 아니에요. 이제 이퀼리브리엄이 무슨 짓을 할지, 또는 어떤 일이 벌어지길 바라는지가 궁금하다고요."

내가 대꾸했다.

"아마 독립 선언을 준비하는 행성들과 관련된 일일 겁니다."

아붐웨가 고개를 끄덕였다.

"내 생각도 그래요."

발라가 다시 물었다.

"좋아요, 훌륭해요. 정확히 그게 뭔데요?"

내가 대답했다.

"저도 모릅니다."

"그걸 알아내려고 당신이 르레이 사령관과 오카다 수상을 심문했잖아요?"

"많은 걸 알아냈습니다. 그것만 빼고."

"그럼 다시 시도해야겠군요."

"그래야겠죠. 특히 트반 사령관에게는 다른 방법을 써야겠습니다."

아붐웨가 물었다.

"이번에도 친구가 되려고 할 건가요? 내가 보기에는 썩 효과적인 전술이 아니던데."

"첫 심문의 목적은 그와 친구가 되는 게 아니었습니다. 저를 두려워하지 않게 하는 거였죠."

이번에는 발라가 물었다.

"그래서 이제 어쩔 생각인데요?"

"그자가 정말로 두려워할 수도 있는 것을 보여줄 생각입니다."

"난 이게 뭔지 모르겠소."

내가 건넨 인쇄물을 보고 트반 사령관이 말했다. 우리는 또 그 방 안에 있었다. 솔직히 나는 이 방이 지겨워지기 시작했다.

"거기 적힌 것들은 개척방위군이 곧 타격할 대상입니다."

트반은 내게 인쇄물을 돌려주었다.

"나는 당신네 언어를 읽지 못하오. 그리고 나한테 기밀 정보를 보여주는 이유를 모르겠소."

"어떤 면에서는 당신 때문에 이 목록이 작성됐기 때문입니다."

나는 또 다른 인쇄물을 건네며 덧붙였다.

"이건 한결 읽기 쉬울 겁니다."

트반은 목록을 받아 들고 읽었다. 곧이어 한 번 더 읽더니 우리 사이의 탁자에 인쇄물을 내려놓고 말했다.

"이해가 안 가는군."

"간단합니다. 당신은 르레이입니다. 이퀄리브리엄에서 당신이 지휘한 자들은 모두 르레이였습니다. 당신의 명령에 따라 챈들러 호를 납치하고 선원들을 죽인 자들도 르레이였죠. 그리고 레이프의 기습으로 무용지물이 되기 전까지 이퀄리브리엄이 사용했던 기지는 원래 르레이 군사 기지였습니다.

당신 종족이 그 기지를 버리고 그 기지가 있던 항성계를 떠나기 전까지는 말입니다. 이게 뭘 뜻하는지 아시리라 믿습니다."

"그건 억측이오."

"그럴 수도 있죠. 하지만 개척방위군 고위 간부들의 생각은 다릅니다. 지금 그들은 르레이, 즉 당신네 정부가 이퀄리브리엄과 실질적으로 한패라고 확신합니다. 물론 짐작만 하는 것은 아닙니다. 증거도 충분히 갖고 있죠. 하지만 지금껏 우리는 다른 종족들이 가담하지 않은 일에 르레이가 종종 가담하는 것을 보아왔습니다. 즉, 통계적으로도 심증이 굳어진다는 겁니다."

"개척연맹과 콘클라베 때문에 우리 종족 수백만 명이 일자리와 집을 잃었소. 그러니 이퀼리브리엄에 가담하는 르레이가 많을 수밖에."

나는 빙그레 웃었다.

"무기 기술자 라우가 바로 그런 이유 때문에 가담했다고 하더군요. 저도 이해하는 바입니다. 하지만 그런 주장으로는 당신 정부가 이퀼리브리엄에 물질적 지원을 하지 않는다고 개척방위군을 납득시킬 수 없습니다."

나는 인쇄물을 가리키며 말을 이었다.

"그래서 개척방위군은 행동에 나서기로 결정했습니다. 이퀼리브리엄을 찾아내기는 어렵기 때문에—원래 암약하는 집단인 걸로 압니다—더 이상의 수색을 중단하고 그 원천을 직접 공격하기로 한 겁니다. 이 목록은 우리가 르레이 영역에서 공격할 1차 표적들입니다. 보시다시피 주로 군사 지역과 산업 지대이지만, 선적장과 처리 시설도 포함되어 있죠. 르레이가 이퀼리브리엄에 물자와 장비를 지원하는 것을 어렵게 하려는 계획입니다."

"기간 시설까지 파괴되고 수백만 명이 죽게 될 거요."

"저희가 예상하기로는 전자는 맞지만, 후자는 그 규모가 크지 않습니다. 하지만 이후로도 이퀼리브리엄의 공격이 그치지 않으면 2차 타격 때는 사정이 달라질 겁니다."

"1차 타격 이후에 이퀄리브리엄의 공격이 계속된다면, 르레이 정부가 우리를 지원하지 않는다는 사실이 명백해지는 셈이 잖소."

"전에도 말씀드렸듯이, 우리는 이퀄리브리엄과 손잡은 종족이 르레이 말고도 더 있다는 사실을 잘 압니다. 하지만 르레이가 가장 주도적이라고 봅니다. 그리고 주요 보급선을 끊는다는 목적 외에도 나머지 종족들에게 분명한 경고를 보낸다는 의미가 있습니다. 당신들은 이퀄리브리엄을 이용해 개척연맹을 파멸시키려는 속셈이겠지만, 우리도 당신들을 끌고 갈 만큼 여전히 강합니다."

"이 작전을 언제 할 거요?"

"머뭇거릴 까닭이 없다고 봅니다. 우리가 이야기하고 있는 지금도 준비가 진행되고 있죠. 실은 하르툼 문제를 처리하러 온 전함 일부가 이번 작전에 투입될 예정입니다. 이제 개척방위군의 최우선 임무가 된 거죠."

"이건 집단 학살이오."

"제 생각이 당신과 크게 다르지 않다고 말씀드리면 놀라실지도 모르겠군요. 하지만 저한테 아무리 항의해봐야 소용없다는 점을 아셔야 합니다. 이 결정은 우리 머리 위로 한참 높은 곳에서 내려진 것입니다."

"아니. 당신이 나한테 바라는 것도 없이 이런 이야기를 꺼냈을 리 없소."

"물론 바라는 게 있습니다. 이퀼리브리엄이 하르툼을 비롯한 반란 행성들에 대해 어떤 전략을 세웠는지 말씀해주십시오."

나는 인쇄물을 다시 가리키고 말을 이었다.

"이 목록의 표적들 말고 다른 곳으로 눈을 돌리는 게 낫다고 저를 납득시켜주십시오. 제 말을 안 믿으셔도 좋지만, 그래도 한 가지 약속을 드리겠습니다. 제가 윗분들을 설득할 수 있도록 도와주십시오. 그러면 무슨 수를 써서라도 그들의 눈길을 돌리겠습니다."

"당신이 뭘 할 수 있소? 일개 중위 신분으로."

"맞습니다. 하지만 유별나게 수완이 좋은 중위죠."

트반은 입을 다물었다. 보아하니 회의적인 표정이었다.

"사령관님, 분명히 말씀드리겠습니다. 개척방위군은 결정을 내렸습니다. 이제 곧 뭔가를 공격할 테고, 무자비한 타격이 될 겁니다. 또한 바로 눈앞에 있는 것은 무엇이든 공격할 겁니다. 지금 그 대상은 르레이 행성들입니다. 당신도 알다시피 개척방위군은 전보다 약해졌습니다. 하지만 르레이는 훨씬 더 약해져 있습니다. 따라서 개척방위군의 공격을 받으면 거의 석기시대 수준으로 전락할 겁니다. 수많은 르레이가 고통으로 신음하겠죠. 그런 비극을 막을 유일한 길은 우리에게 다른 공격 목표가 생기는 것입니다. 그 길뿐입니다, 사령관님. 저에게 다른 공격 목표를 알려주십시오. 도와주십시오, 사령관님."

한 시간 뒤, 내가 방에서 나왔다. 트반을 함재정으로 도로 데려갈 CDF 병사 두 명과 함께 하트가 나를 기다리고 있었다.

그가 내게 물었다.

"원하는 정보는 다 얻었어?"

"뭐야, 여기서 녹화하고 있던 거 아니야?"

"지난번에 자네가 놀려서 다른 걸 하며 기다리기로 했지."

"원하는 정보는 다 얻은 것 같아."

나는 병사들에게 들어가 보라고 고갯짓을 했다. 그리고 하트에게 같이 걷자고 손짓했다.

"트반이 눈치채지 못했나 보군."

"르레이를 공격할 계획이라고 뻥 친 거? 쉽게 속아 넘어가던데. 개척방위군이라면 하고도 남을 짓이라고 믿은 것 같아."

"이제 뭘 할 거야?"

"아붐웨한테 보고하러 가야지. 그런 다음 피닉스 정거장으로 돌아가 다른 사람들한테도 알려야 할 거야. 그리고 나면 숨을 구멍을 찾는 게 좋겠어."

"왜? 트반이 자네한테 이퀄리브리엄의 계획을 알려준 줄 알았는데."

"그랬지."

"그런데 왜?"

나는 걸음을 멈추고 고개를 돌려 친구를 보았다.

"만약 그의 말이 모두 사실이라면, 하트, 우린 완전히 좆된 거야."

나는 다시 걷기 시작했다. 하트는 꼼짝도 않고 서서 내가 걸어가는 모습을 멍하니 지켜보았다.

"이퀼리브리엄이라고 알려진 이 조직이 노리는 것은 개척연맹의 종말입니다. 이는 틀림없는 사실입니다. 하지만 우리가 알아야 할 점은 개척연맹의 종말만이 이퀼리브리엄의 목표는 아니라는 겁니다. 최우선 목표는 따로 있죠. 그들의 첫째 목표는 지금껏 이 우주에 존재한 가장 큰 단일 정부인 콘클라베의 해체입니다. 이를 위해 이퀼리브리엄은 개척연맹을 도구로 이용하고 있으며, 개척연맹만이 아니라 지구까지 이용하고 있습니다."

피닉스 정거장에 있는 국무성 강당의 연단 앞에서 아뷤웨가 이야기하고 있었다. 이 특별한 강당은 200명은 너끈히 수용할 수 있는 규모지만, 지금은 달랑 네 명밖에 없다. 연단 앞에 있는 아뷤웨, 옆쪽에 앉아 있는 나, 그리고 정면 하단 가운데 좌석에 앉아 아뷤웨를 마주하고 있는 에이블 리그니 대령과 리즈 이건 대령.

이건의 공식 직함은 개척방위군 소속 개척연맹 국무성 연락장교지만, 개척연맹 오캄포 차관의 반역 사건 이후 한시적으로 국무성 2인자 자리에 올라섰다. 국무성과 CDF 고위 간부 모두가 신뢰하는 자인 셈이었다. 이성이 있는 자라면 이 두 집단이 전보다 더 밀접하게 엮인 것을 보고 불길한 느낌을 받아야 마땅했지만, 다들 입도 벙긋하지 않았다. 이는 곧 현재 개척연맹이 처한 상황의 방증인 셈이었다.

내가 알기로 에이블 리그니 대령은 실질적인 직함이 없었다. 개척방위군의 '그 사람'일 뿐이었다. 어디든 가고, 모든 것을 보고, 모두에게 조언을 하며, 만사에 은밀히 관여하는 자. 솔직히 만약 개척방위군을—더 나아가 개척연맹까지—마비 상태로 만들고 싶다면 리그니의 관자놀이에 총알만 박으면 된다. 아마 개척연맹 정부의 모든 부서 기능이 일시에 정지될 것이다. 중재자 노릇을 하는 리그니가 없으면 다들 누구한테 말해야 좋을지 몰라 허둥댈 테니까.

공식적으로 이건과 리그니는 기껏해야 중급 기관원이었다. 비공식적으로는 무슨 일이든 반드시 해결해야 할 문제가 생기면 찾는 사람들이었다.

우리에겐 해결해야 할 문제가 있었다.

이건이 아붐웨에게 물었다.

"하르툼에서 벌어진 사건이 개척연맹을 노린 공격이 아니란 말씀인가요?"

"아뇨, 개척연맹을 노린 공격은 맞습니다."

아붐웨는 꾸밈없고 솔직한 태도로 대답했다. 영리하지 못한 자가 보기에는 지극히 비외교적이라고 여겼을 것이다. 그녀가 말을 이었다.

"그 점에서 보면 단기적인 목적은 이뤘죠. 하지만 이퀼리브리엄에게 그 공격의 진정한 가치는 장기적인 것입니다. 궁극의 목표, 즉 콘클라베의 파멸을 위한 하나의 발판인 셈입니다."

리그니가 말했다.

"자세히 설명해주십시오, 대사님."

"하르툼에서 우리는 매우 유용한 포로를 확보했습니다. 이퀼리브리엄의 트반 사령관이었습니다."

아붐웨는 아주 희미한 미소를 지으며 덧붙였다.

"그자를 설명하는 가장 적합한 표현은 '이퀼리브리엄의 리그니 대령'일 겁니다. 폭넓은 연줄을 갖고 있고 종종 이퀼리브리엄 계획의 중심에 서는 자니까요."

"아하."

아붐웨가 내 쪽으로 고갯짓을 했다.

"여기 있는 윌슨 중위가 트반을 심문하는 동안 이퀼리브리엄의 가장 최근 계획이 드러났는데, 하르툼 행성 상공에서 튀빙겐 호를 공격한 것이 그 시작입니다."

리그니 대령과 이건 대령이 나를 보았다. 이건이 내게 물었다.

"심문을 했나, 중위?"

나는 그 질문의 의미를 간파했다.

"협박이나 고문으로 얻어낸 정보는 아닙니다. 속임수와 거짓 정보를 동원해, 우리에게 협조하는 편이 이로울 거라고 설득했습니다."

"어떤 거짓 정보였지?"

"우리가 르레이의 4개 행성에 있는 모든 주요 도시와 산업 지대를 괴멸시킬 거라고 했습니다. 르레이 종족이 이퀄리브리엄 배후에서 가장 주도적인 역할을 하는 것이 분명하기 때문이라고 했습니다."

"실제로 그런가?"

"관련 데이터가 없어서 장담할 수는 없지만, 제 짐작으로는 르레이 정부가 은밀하게 물자를 지원하고 있습니다. 물론 입증하기는 어렵습니다. 확실한 것은 르레이가 개척연맹의 몰락을 바란다는 점입니다. 하지만 설령 그들이 이퀄리브리엄과 한패라 해도, 이 시점에 르레이를 공격하는 것은 이퀄리브리엄이 현재 추진 중인 계획에 영향을 주지 못할 겁니다. 지금 우리의 일차 관심사는 이퀄리브리엄이며, 다른 데 신경 쓸 겨를이 없습니다."

이건이 고개를 끄덕이고는 다시 아붐웨를 보고 말했다.

"계속하세요."

"하르툼은 개척연맹에 독립을 선언하기로 공모한 10개 행성

중 하나입니다. 원래는 다 같이 동시에 선언함으로써 개척연맹이 응징할 상대가 너무 많아 허둥대게 만들 계획이었죠. 우리가 그 사건에 대응하는 시간이 길어질수록 더 많은 개척행성들이 독립 선언에 동참하게 됐을 겁니다. 그들은 개척연맹이 대규모 이탈을 해결할 자원이 부족한 상황도 개척연맹 해체에 기여할 거라고 생각했습니다.

하지만 트반 사령관은 하르툼 정부가 먼저 독립을 선언하면 개척연맹 와해의 기폭제가 될 거라고 꼬드겨 그들을 설득했습니다. 또한 이퀄리브리엄이 하르툼의 수비대 노릇을 해줄 거라고 안심시켰습니다. 그게 하르툼과 이퀄리브리엄 모두에게 이익이라고 주장했죠. 새로이 독립한 행성들이 이퀄리브리엄을 동지로 봐주길 원한다면서 말입니다."

리그니가 담담하게 말했다.

"그렇게 되지 않았군요."

아붐웨가 고개를 끄덕였다.

"네. 사실 이퀄리브리엄은 어떤 CDF 전함이 나타나든 공격할 계획이었습니다. 결국 튀빙겐 호를 공격했죠. 그들은 개척연맹이 그 공격을 하르툼의 소행으로 여기건 이퀄리브리엄의 소행으로 여기건 간에 대규모 CDF 함대가 들이닥칠 거라고 예상했습니다. 실제로 그렇게 됐죠. 우리는 전함 20척을 하르툼으로 보냈습니다.

이퀄리브리엄이 이런 짓을 한 목적은 독립을 선언하는 개척행성에 개척연맹이 대규모 함대를 투입하게 하는 것이었습니다. 하르툼 이후로는 독립을 선언한 행성에 과거처럼 전함 한 척만 보내지 않을 테니까요. 처음부터 독립 운동의 싹을 자르기 위해 개척방위군 함대를 보내겠죠."

아붐웨는 잠시 말을 멈추고 호기심 어린 눈으로 이건과 리그니를 보았다.

"이퀼리브리엄에 대한 이 분석이 정확한가요?"

두 대령은 불편한 표정을 지었다. 결국 리그니가 대답했다.

"그럴 수도 있죠."

아붐웨가 고개를 끄덕였다.

"이퀼리브리엄은 기만과 거짓 정보 전략을 바탕으로, 그리고 개척연맹을 믿을 수 없는 정보 제공자로 깎아내리는 전술과 개척연맹이 행성들 간의 통신을 철저히 검열한다는 사실을 이용해, 나머지 아홉 행성들이 기존 계획대로 동시에 독립을 선언하도록 부추길 속셈입니다. 그들에게 물자와 방어 병력을 지원해주겠다고 약속하겠지만, 하르툼에서 그랬듯이 자신들의 목적에 도움 되지 않는 일에 지원을 해줄 의도는 전혀 없죠. 준비만 되면 당장이라도 시작할 겁니다. 그리고 개척방위군은 당연히 함대를 보내겠죠."

이건이 물었다.

"그다음은 뭐죠?"

"일단 개척연맹이 이 독립 운동 문제에 열중하면서 대규모 군대와 정보력을 동원해 반란 진압을 시작하면, 이퀄리브리엄이 공격해 올 겁니다."

리그니가 대꾸했다.

"반란 행성 상공의 함대를 공격한단 말입니까? 그건 어리석은 짓입니다, 대사님. 이퀄리브리엄이 은밀한 습격에는 능할지 모르지만, 그들의 우주선과 무기로는 장시간 전투를 감당할 수 없습니다."

"우리 함대를 공격하는 게 아닙니다. 지구를 공격할 겁니다."

이건의 눈이 휘둥그레졌다.

"뭐라고요?"

이제 그녀는 호기심 가득한 표정으로 몸을 앞으로 내밀었다.

아붐웨가 나를 보고 고개를 끄덕였다. 나는 내 뇌도우미를 강당의 프레젠테이션 시스템에 연결해 지구의 영상을 띄웠다. 그 위에 떠 있는 우주선 수십 척은 편의상 비율을 무시했다.

아붐웨가 다시 말했다.

"이퀄리브리엄의 우주선은 모두 납치해 온 것들입니다. 개척 연맹은 지난 수년간 수십 척을 잃었고, 콘클라베와 거기 소속 국가들은 훨씬 더 많은 수를 잃었습니다."

그녀는 영상을 가리키며 덧붙였다.

"여기 보이는 것들은 모두 콘클라베 측의 우주선입니다. 우리가 알기로 아직 전장에서 파괴되지 않은 납치된 우주선들이죠. 여기에는 94척이 나와 있지만, 최소 추정치라는 점을 감안

해주십시오.

트반 사령관의 진술에 따르면, 이퀄리브리엄은 이들 우주선을 지구 근처로 도약시켜 지구의 방어 시설과 통신 시설, 과학 위성을 파괴하고, 인구 밀집 지역 수백 곳을 핵미사일로 겨냥할 계획입니다."

리그니가 중얼거렸다.

"핵미사일이라."

이건이 물었다.

"대체 그들이 어디서 핵무기를 입수했죠? 누가 그걸 아직도 사용하는 겁니까?"

"트반은 그것들이 대부분 현재 콘클라베와 연계된 행성들의 창고에서 나왔다고 했습니다. 콘클라베가 핵무기 사용을 금지하기 때문에, 분해하여 핵물질을 폐기하려던 것들이죠. 이퀄리브리엄이 그 과정에 개입해 핵탄두와 핵물질을 빼돌리는 건 어려운 일이 아닙니다."

리그니가 물었다.

"몇 개나 있다는 겁니까? 핵미사일 말입니다."

아붐웨가 나를 보았다. 내가 대답했다.

"트반도 모든 수치를 알지는 못했습니다. 그가 알려준 핵무기 폭발력은 우리 식으로 환산하면 300킬로톤에 해당될 겁니다. 그런 게 수백 개는 있다고 했습니다."

"맙소사."

이건이 한마디 했다.

"핵무기 없이도 같은 피해를 줄 수 있어요. 지금 같은 첨단 무기 시대에 핵무기는 활보다 고작 한 단계 발전한 수준입니다."

아붐웨가 대꾸했다.

"핵무기를 쓰는 게 핵심입니다. 당장 눈앞에 보이는 파괴만이 아니라 그 후에 이어질 모든 것 때문이죠."

나도 거들었다.

"카르타고를 쳐부순 로마는 그 땅에 소금을 뿌려 더 이상 아무것도 자라거나 살 수 없게 만들었습니다. 그것과 정확히 같은 맥락입니다."

리그니가 말했다.

"그런 짓을 했다가는 이퀼리브리엄의 목이 날아가게 될 거야."

내가 지적했다.

"그 목이 어디 있는지부터 찾을 수 있어야겠죠."

"찾고야 말겠다는 투지가 샘솟을 걸세, 중위."

아붐웨가 말했다.

"대령님, 중요한 사실을 놓치고 계시군요."

이건이 물었다.

"그게 뭔가요, 대사님?"

아붐웨는 허공에 떠 있는 영상을 가리키며 대답했다.

"이 공격에 동원된 우주선 모두가 원래 콘클라베 것이라는 사실 말입니다. 우리는 이 공격이 이퀼리브리엄이 아니라 콘클라베의 짓이라고 믿을 겁니다. 우리는 콘클라베가 마침내 인류를, 즉 개척연맹을 처리하기로 결심했다고 믿을 겁니다. 개척연맹에 병사와 개척민을 공급해주던 곳을 파괴해 우리가 무력으로도 협상으로도 다시는 되찾을 수 없게 하기로 결심했다고, 우리를 우주에서 영원히 없애버리려는 본색을 드러냈다고 말입니다."

리그니가 고개를 주억거렸다.

"네, 그렇겠죠."

이건이 말했다.

"우리는 콘클라베를 비난하고, 그들이 부인해도 믿지 않으면서, 콘클라베가 줄곧 이퀼리브리엄의 배후였다고 단정할 겁니다. 결국 콘클라베와 전쟁을 벌이겠죠. 물론 우리가 패배할 테고요."

아붐웨가 인정했다.

"질 수밖에 없습니다. 콘클라베와 전면전을 벌이기에는 우리가 너무 왜소하니까요. 설령 개척행성들이 독립하겠다고 우리와 싸우는 짓을 중단하거나 우리가 그들의 반란을 모두 진압한다 해도, 그들을 병력 보급소로 완전히 전환하려면 시간이 걸릴 겁니다. 그리고 그 사이 콘클라베 소속 종족들은 우리를 파멸시키자고 목소리를 높이겠죠. 콘클라베가 우리를 공격했건 아니건 간에, 이제 그들에게 우리는 명백하고 현실적인 위협일 테니까요."

내가 한마디 했다.

"콘클라베와 싸우면 우리는 질 겁니다. 하지만 그것이 콘클라베의 승리를 뜻하지는 않습니다."

아붐웨가 고개를 끄덕였다.

"우리가 콘클라베를 공격하기 때문이 아닙니다. 콘클라베가 어쩔 수 없이 우리를 영구히 제거하는 과정에서 직면하게 될 내적 동요 때문입니다. 그런 행위는 애초에 콘클라베가 결성된 모든 취지를 거스릅니다. 가우 장군의 목표와 상반되는 것이죠."

나도 한마디 거들었다.

"현재 콘클라베의 지도자인 하프테 소르발의 목표와도 상반됩니다. 하지만 그녀가 인류를 처단하지 않겠다고 버티면 끊임없이 반발이 이어질 겁니다. 소르발이 아무리 능력 있는 자라 해도―물론 대단한 능력의 소유자지만―그녀는 가우 장군이 아닙니다. 자신의 의지만으로 장군처럼 콘클라베를 계속 결속시킬 수는 없을 겁니다. 결국 콘클라베는 분열되고 몰락하겠죠."

이건이 말했다.

"이퀼리브리엄의 궁극적 목표가 달성되는 셈이군."

아붐웨가 대꾸했다.

"맞습니다. 물론 개척연맹의 파멸도 그 계획의 일부죠. 하지만 그건 거의 부수적인 결과입니다. 우리는 이퀼리브리엄이 콘클라베를 파멸시키는 데 사용할 수단이니까요. 그 집단이 지구 정거장 파괴를 비롯해 지금껏 해온 모든 일은 그 목적을 이루기 위한 과정의 일부였습니다."

리그니가 중얼거렸다.

"개척연맹의 완전한 파멸이 부수적 이익이라니, 이 기분을 뭐라고 해야 할지 모르겠군요."

"화가 나실 겁니다. 저도 화가 납니다."

"별로 화난 표정은 아니신데요."

"리그니 대령님, 저는 지금 분노하고 있습니다. 다만 분노하는 것보다 더 중요한 할 일이 있다는 것을 알 따름이죠."

이건이 끼어들었다.

"대사님, 질문이 있습니다."

"네, 대령님."

이건은 영상을 가리키며 말했다.

"이제 우리는 이퀄리브리엄의 계략을 압니다. 이퀄리브리엄이 우리 개척행성들과 그들에 대한 개척연맹의 대응 방식을 이용하리라는 것도 압니다. 콘클라베를 가장해 지구를 공격할 속셈이라는 것도 압니다. 우리는 그들의 목적과 전략, 전술을 알고 있습니다. 그렇다면 우리가 그들의 함정을 쉽게 피할 수 있는 것 아닙니까?"

아붐웨는 나를 보았다. 내가 설명해주었다.

"다른 문제가 있습니다. 트반이 제게 말하기를, 설령 하르툼에서의 작전이 실패했다는 사실을 이퀄리브리엄이 눈치채거나, 나머지 아홉 행성에 대한 계획을 우리가 저지하고 콘클라베에 그들의 간계를 알렸다는 것을 눈치챈다 해도, 그들은 아랑곳하지 않고 지구 공격을 감행할 거라고 했습니다."

"무슨 목적으로?"

"이퀼리브리엄은 조바심을 내지 않는 자들입니다. 빵 한 덩이를 얻지 못한다면 반 덩이라도 차지하려들 겁니다. 물론 그들이 바라는 최상의 시나리오는 개척연맹이 한눈을 파는 사이 콘클라베를 가장해 지구를 공격함으로써 우리가 서로를 파멸시키게 하는 것입니다. 하지만 그게 여의치 않아 자신을 드러내고 지구를 공격해야 한다 해도 얼마든지 그럴 겁니다. 개척연맹, 즉 인류의 힘이 명백히 약화되면 콘클라베가 우리를 공격할 것을 알기 때문입니다."

아붐웨가 한마디 보탰다.

"콘클라베 종족들이 인류를 얼마나 증오하는지 아셔야 합니다. 그들은 로아노크 사건 이전부터 우리를 증오했습니다. 그 후로는 훨씬 더 증오하게 됐죠. 그리고 일부 종족들은 우리가 가우 장군을 암살했다고 믿습니다."

리그니가 대꾸했다.

"우리는 그 일과 아무 상관이 없었습니다."

"하지만 사건 당시 우리가 거기 있었습니다. 우리와 지구인들 말입니다. 그 정도면 의심을 사고도 남죠."

이건이 이야기를 되돌렸다.

"그러니까 대사님 말씀은 이퀄리브리엄이 얼마든지 차선책을 쓸 거란 뜻이군요."

내가 대꾸했다.

"이미 차선책이 진행되고 있습니다. 레이프 다킨이 챈들러호를 훔쳐 오캄포 차관을 데려온 순간부터 시작된 셈이죠. 아마 지금은 열 번째 차선책쯤 될 겁니다. 이퀄리브리엄은 임기응변에 능합니다, 대령님. 규모 면에서 자신들의 한계를 알고 그걸 십분 활용하죠. 정체를 드러내고 지구를 파괴하는 것은 그들이 원하는 바는 아니지만 거기에도 이점이 있습니다. 그어떤 집단도, 그 어떤 세력도 엄두를 내지 못한 일을 해냈다는 뜻이니까요. 개척연맹을 강대한 존재로 만들어준 행성을 파괴한 것입니다. 사후 처리만 잘 하면 이퀄리브리엄은 지구 파괴로 엄청난 이익을 얻을 수 있습니다. 새로운 동지들과 자금이 몰려들 테니까요. 합법적인 집단이 될 수도 있습니다. 지금껏 암약하던 그늘에서 바깥세상으로 나오는 거죠."

리그니가 투덜거렸다.

"이래저래 결국 지구는 좆된 셈이로군. 저속한 표현은 미안하네. 어쨌든 그게 자네 이야기의 요지 아닌가."

나는 아붐웨를 바라보았다. 그녀가 다시 말했다.

"다른 선택지가 하나 있습니다."

"말씀해보세요."

"그 전에 두 분께 여쭙겠습니다. 지금 우리의 목표는 승리가 아니라 생존이라는 점에 동의하십니까?"

이건이 대꾸했다.

"질문의 의도를 이해할 수가 없는데요."

아붐웨는 이건을 뚫어져라 보며 말했다.

"그럴 리 없습니다, 대령님. 제 말뜻을 아주 잘 아실 거라 생각합니다. 이 방에 있는 우리 네 사람은 얼마든지 서로에게 솔직해질 수 있습니다. 따라서 우리는 개척연맹이 지금 몰락의 길로 접어들었다는 사실을 모르는 척할 필요가 없습니다. 이퀼리브리엄이나 콘클라베에게 파괴당하지 않는다 해도, 개척연맹은 스스로 갈가리 찢길 겁니다. 이미 진행되고 있죠.

우리는 개척연맹의 구조와 조직이 현재 상태로는 지탱될 수 없다는 사실을 모르는 척할 필요가 없습니다. 지구를 예전처럼 우리의 인력 공급원으로 되돌려놓을 길이 있다고 믿는 척할 필요가 없습니다. 우리 눈앞에 인류의 종말이 보인다는 사실을 모르는 척할 필요가 없습니다. 지금은 자잘한 승리나 부차적인 목표 달성이 중요하지 않다는 사실을 모르는 척할 필요가 없습니다.

이제부터는 우리의 생존, 즉 인류의 생존을 위해 힘써야 한다는 점에 우리 모두가 동의하는 것이 중요합니다. 개척연맹의 생존이 아니라 우리 종족의 생존 말입니다. 우리 네 사람은 그점에 동의해야 합니다. 안 그러면 이런 논의를 계속할 이유가 없습니다."

이건과 리그니가 서로를 바라보았다. 이건이 말했다.

"동의합니다."

"그렇다면 이 합의를 앞으로 어떻게 뒷받침하실 겁니까? 생존에 관한 논의를 하겠다고 동의하신다면, 그 생존을 이루는 데 필요한 일을 하는 것에도 동의하십니까?"

리그니가 대꾸했다.

"아붐웨 대사님. 당신의 계획을 말씀해주십시오. 그러면 우리도 어떻게 힘을 쓸지 알려드리겠습니다."

"좋습니다."

"이 자리에 참석해주셔서 감사합니다."

독립 선언을 준비하고 있는 아홉 행성의 대표들에게 아붐웨가 말했다. 그들은 개척연맹이 그 계획을 모르는 줄 알고 있었다.

허클베리 행성 대표 할리랄 드위베디가 퉁명스레 대꾸했다.

"'참석'이라니, 기가 차는군. 우리는 방금 자다가 강제로 여기 끌려온 거나 다름없습니다."

다른 대표 여럿이 고개를 끄덕여 수긍했다.

아붐웨가 다시 말했다.

"사과드립니다. 불행히도 시간이 촉박해 어쩔 수가 없었습니다. 저는 오드 아붐웨 대사입니다."

움브리아 행성의 네이다 칼데론이 물었다.

"우리를 왜 부른 겁니까, 대사님?"

"칼데론 대표님. 여기 계신 다른 분들을 둘러보시면 그 이유를 쉽게 아실 겁니다."

나직이 웅얼대고 투덜거리던 소리가 일시에 멈췄다. 이제 모두의 눈길이 아붐웨에게로 쏠렸다. 아붐웨가 말했다.

"네, 우린 알고 있습니다."

"물론 아시겠지."

드위베디가 표독스럽게 중얼거렸다. '궁지에 몰리면 공격'이라는 신조를 가진 자가 틀림없었다. 그가 한마디 덧붙였다.

"하르툼 행성의 수상을 감금하고 있으니까. 그분이 어떤 꼴을 당했을지 상상도 안 가는군."

아붐웨가 내게 고개를 끄덕였다. 나는 우리가 모여 있는 국무성 회의실의 옆문으로 다가가 문을 열고 말했다.

"들어오십시오."

마사히코 오카다가 안으로 걸어 들어와 다른 대표들과 함께 테이블에 앉았다. 다들 그를 머리 셋 달린 괴물 보듯 멍하니 쳐다보았다.

잠시 후 칼데론이 오카다에게서 눈을 돌리고 물었다.

"깜짝 선물이 또 있습니까, 아붐웨 대사님?"

"시간 관계상 간단히 말씀드리겠습니다."

"그래주시면 고맙죠."

"현재 여러분의 행성들은 개척연맹으로부터의 독립을 합동으로 선언할 계획입니다. 그 행성들의 대표 모두가 지금 이 방에 있다는 사실은 우리가 그 계획을 알고 있다는 뜻입니다. 또한 여러분의 정부 모두가 개별적으로 혹은 단체로 이퀼리브리엄이라는 집단과 내통해왔다는 것도 압니다. 그들은 여러분께 정보를 알려주었고, 아마도 여러분이 독립을 선언하면 개척연맹으로부터 여러분을 지켜주겠다고 약속했을 겁니다."

드위베디가 반박하려고 입을 벌리자 아붐웨가 매서운 눈빛으로 그를 노려보았다.

"지금은 독립에 대한 여러분의 욕망이나 이퀼리브리엄과의 내통에 대해 변명이나 합리화를 할 때가 아닙니다. 그럴 시간도 없고, 솔직히 말씀드리자면 우리는 관심 없습니다."

드위베디는 몹시 분한 표정으로 입을 다물었다.

"이퀼리브리엄은 여러분의 정부 모두를 기만했습니다."

아붐웨는 오카다를 가리키며 말을 이었다.

"잠시 후 여기 계신 오카다 수상께서 이퀼리브리엄이 어떻게 이분과 하르툼 정부를 속이고 개척방위군 전함을 공격했는지 자세히 말씀해주실 겁니다. 또한 그들이 여러분의 정부를 부추겨 행동에 나서게 할 목적으로 이번 사건의 책임과 처벌을 하르툼 행성과 그 정부가 떠안게 했다는 것도 알려드릴 겁니다. 여러분의 목적을 위한 계략이 아닙니다, 대표님들. 여러분이 바라는 자유를 주려는 계획이 아닙니다. 그들만의 목적을 위한 것이죠. 여러분의 행성들과 그들의 운명은 이퀼리브리엄의 목적을 이루기 위한 발판에 지나지 않습니다. 이 진실을 알고 있기에, 개척연맹은 여러분 모두에게 한 가지 요청을 하고자 합니다."

칼데론이 나섰다.

"제가 맞혀볼까요? 개척연맹에 대한 독립 선언을 중단하라는 거겠죠."

아붐웨는 평소에 좀처럼 보여주지 않는 미소를 지었다.

"칼데론 대표님. 사실 우리는 여러분이 독립 선언을 하기를 간절히 바랍니다."

잠시 어리둥절해 있던 칼데론이 나머지 대표들을 둘러보았다. 다들 그녀처럼 당황한 표정이었다. 마침내 그녀가 입을 열었다.

"이해가 안 가는군요."

아붐웨가 다시 말했다.

"우리는 여러분이 독립을 선언하길 바랍니다."

드위베디가 물었다.

"개척연맹을 떠나달라는 겁니까?"

"아닙니다."

"하지만 방금 우리가 독립 선언을 하길 바란다고 했잖아요."

"맞습니다."

아붐웨는 드위베디가 더 투덜대기 전에 한 손을 들어 제지했다.

"우리는 여러분이 개척연맹을 떠나는 것을 원치 않습니다. 그건 우리 모두에게 위험하니까요. 하지만 여러분 모두가 예정대로 독립을 선언해주시길 요청합니다. 여러분의 행성들이 기존의 계획을 이행할 거라고 이퀄리브리엄이 믿길 바라기 때문입니다."

칼데론이 물었다.

"이유가 뭡니까?"

"말씀드릴 수 없습니다. 현재 여러분의 정부는 신뢰하기 어렵습니다. 따라서 모든 것을 말씀드릴 수는 없습니다."

"우리가 독립을 선언하면 어떻게 되는 겁니까?"

"예상대로 개척연맹은 과잉 반응을 보이면서 여러분을 위협하기 위해 행성 상공을 함대로 뒤덮을 겁니다."

칼데론이 퉁명스럽게 말했다.

"그게 우리한테 무슨 이득이 되는지 모르겠네요."

어쩐지 그녀는 여기 모인 대표들의 대장 노릇을 하는 것 같았다.

아붐웨가 대꾸했다.

"우리는 여러분이 독립 선언을 하길 바라지만 독립하는 것은 원치 않습니다. 그리고 우리도 무력 대응을 하는 것처럼 굴겠지만 실제로 무력을 사용하지는 않을 겁니다."

"CDF가 우릴 짓밟지 않을 거라고 믿으라는 겁니까?"

"우리가 그럴 생각이었다면 이런 모임을 가질 필요도 없습니

178

다. 저는 여러분에게 그런 불행한 사태를 모면할 기회를 드리고 있습니다. 오해하지는 마십시오, 대표님들. 개척연맹을 이탈하려는 시도에는 반드시 무력 응징이 따를 겁니다. 우리는 여러분의 행성들이 개척연맹을 떠나는 것을 용납할 수 없습니다. 그리고 주제넘게 들릴지 모르지만, 우리는 여러분이 얼마나 위험한 일에 스스로 뛰어드는지 모르신다고 확신합니다."

아붐웨는 다시 오카다를 가리켰다.

"여기 계신 오카다 수상님이 몸소 경험해서 잘 아십니다."

"우리더러 당신을 믿어달라는 소린데, 그게 우리한테 어려운 까닭은 당신도 이해할 겁니다."

"믿어달라고 요청하는 게 아닙니다. 제안을 드리려는 것입니다."

"이미 우리의 자유를 부정한 마당에 무슨 제안을 한단 말입니까?"

"칼데론 대표님. 제 생각에 여러분이 바라는 것은 자유가 아닙니다."

"아니라고요?"

"네."

"그럼 뭐죠?"

"자주권입니다. 지금 그걸 제안하려는 것입니다."

잠시 후 칼데론이 말했다.

"설명해보세요."

"여러분은 모두 개척연맹 정부의 행성 대표입니다. 개척연맹의 운영 방식이나 개척연맹과 여러분의 고향 행성들의 관계에 비춰볼 때, 대표라는 직함이 얼마나 별 볼일 없는지는 굳이 말씀드릴 필요가 없겠죠. 기껏해야 아주 하찮은 일만 맡아서 하고, 심한 경우에는 철저히 무시당하니까요."

아붐웨는 잠시 대표들의 반응을 살폈다. 끄덕이는 자들이 많았다.

"이제 바뀔 겁니다. 바뀌어야 합니다. 앞으로 개척연맹은 전보다 더 개척행성들에게 의지해야 할 테고, 지금껏 하지 않았던 병력 차출도 불가피해질 겁니다.

더 이상 하향식 지배 구조는 안 됩니다. 한마디로, 개척연맹은 피지배자의 동의를 얻어야 합니다. 피지배자의 지배를 받아야 합니다. 여러분의 지배를 받아야 합니다."

잠시 쥐 죽은 듯 고요했다. 이윽고 드위베디가 입을 열었다.

"농담하지 마십시오."

"아닙니다."

아붐웨는 허클베리 행성 대표가 아니라 칼데론 쪽을 보며 말을 이었다.

"원칙적으로 상부에서 결정된 사항입니다. 이제 우리가 할 일은 콘클라베를 비롯한 외부 세력들과 얽힌 현실적 상황에 걸맞은 새로운 체제를 수립하는 것이며, 그 일을 맡아줄 행성 대표단이 필요합니다. 진정한 대의 정치를 구현하는 것이죠."

칼데론은 살짝 미심쩍어 하는 투로 말했다.

"우리더러 설립 규약을 만들어달라는 뜻이군요."

"네."

"거짓으로 독립 선언을 해주는 이 간단한 행위의 대가로 말이죠."

"네."

드위베디가 끼어들었다.

"각자 자기 정부와 논의를 해봐야 합니다."

"안 됩니다."

아붐웨는 대표들을 둘러보고 말을 이었다.

"시간이 없습니다. 이 점을 분명히 아셔야 합니다. 우리는 여러분이 불과 몇 주 안에 독립 선언을 할 계획이라는 것을 이미 알고 있습니다. 그 일정이 예정대로 진행돼야 합니다. 아무런 변화가 없는 것처럼 모든 일이 굴러가야 합니다. 멈칫거려서도 안 되고, 변화의 낌새를 드러내도 안 됩니다. 여러분은 각자 행성의 대표입니다. 여러분이 이 자리에서 내린 결정은 여러분 행성의 뜻이며, 우리는 여러분의 결정을 믿을 것입니다. 그리고 한 가지 더. 이 결정은 만장일치여야 합니다. 모두가 찬성하지 않으면 의미가 없습니다."

칼데론이 물었다.

"당장 실행할 수 있는 행성 간 대의 정치 체제를 만들라는 겁니까?"

아붐웨는 아주 희미한 미소를 지었다.

"아닙니다. 세부 사항은 추후에 마련할 겁니다. 하지만 수락 여부는 지금 결정하셔야 합니다."

"얼마나 시간을 줄 수 있죠?"

"내일 아침까지 결정해주십시오. 잠시 후 저에게 질문하시면 성의껏 답해드리겠습니다. 여기 계신 오카다 수상님께서 하르 툼이 어떻게 이퀼리브리엄에게 속았는지 말씀해주실 겁니다. 현재 밤 11시입니다. 내일 오전 8시에 여러분의 만장일치 수락 이나 거부 의사를 알려주셔야 합니다."

"거부하면 어떻게 됩니까?"

"모든 일이 훨씬 더 어렵고 위험해질 겁니다. 모두에게. 저는 잠시 자리를 비웠다 곧 돌아와서 질문에 답하겠습니다."

아붐웨는 방금 오카다가 들어왔던 문으로 나갔다. 내가 그녀를 따라가며 말했다.

"감동적이었습니다."

"지금 나한테 필요한 모든 것들 중에 당신의 빈정거림은 없어요, 윌슨."

"꼭 빈정거린 건 아닙니다. 그들이 수락할 거라고 보십니까?"

"칼데론은 설득된 것 같아요. 아마 그녀가 나머지 대표들도 설득할 수 있을 거예요."

"그럼 개척연맹이 정말로 방금 대사님이 약속하신 변화를 받아들일 거라고 생각하십니까?"

"그건 리그니와 이건 소관이에요. 하지만 이대로 가다가는 모두 끝장이에요. 변화는 불가피해요."

"옳은 말씀입니다."

"하트 슈미트를 불러줘요. 이따가 당신 대신 나랑 같이 회의 실에 들어가야 하니까. 지금까지 상황은 내가 그에게 설명할게 요."

"알겠습니다. 저한테 무슨 일을 시키실 겁니까?"

"두 가지 일을 해줘야겠어요. 첫째, 오캄포를 만나서 이야기 해봐요."

"무슨 이야기를 하죠?"

"이퀄리브리엄의 소재를 물어봐요. 놈들은 기지를 버리고 달 아났지만, 그렇다고 계획을 중단한 건 아니에요. 우린 그들이 지금 어디 있는지 알아야 합니다."

"오캄포가 모를 수도 있습니다."

"알 수도 있죠. 어쨌든 물어봐요."

"분부대로 하죠. 나머지 일은 뭡니까?"

"당신이 지구로 가줘야겠어요."

"재미있는 말씀이네요. 지구인들이 우리를 싫어하는 거 아시 잖습니까? 우리 우주선이 지구 상공에 나타나면 보나마나 격 추하려들 겁니다. 더구나 거기 가려면 며칠은 걸릴 테고요. 어 차피 격추당할 테니 돌아올 기약도 없이 말입니다."

"그 모든 문제를 해결하고 떠나길 기대할게요."

"저를 믿어주시니 감사할 따름입니다."

"그럼 날 실망시키지 말아요, 윌슨."

타이슨 오캄포와 나는 해변에 서서, 밀려오는 파도와 머리 위를 맴도는 갈매기를 지켜보았다.

오캄포가 내게 말했다.

"여긴 아름답군요."

내가 대꾸했다.

"좋아하시지 않을까 싶었습니다."

"여기가 어느 해변입니까?"

"코테슬로 비치입니다. 오스트레일리아 퍼스 근처죠."

"아, 한 번도 가본 적이 없어요."

"지구에 있는 해변이니 그러실 만도 하죠."

"당신은 가봤습니까?"

"한 번. 퍼스로 출장 갔을 때 하루 쉬는 날 열차를 타고 거기 갔었죠. 온종일 파도를 보며 맥주를 마셨습니다."

오캄포가 빙그레 웃었다.

"적어도 지금 파도는 보고 있군요."

"맥주가 없어서 아쉽네요."

"당신이 여기 오지 않을 때 내가 보는 시뮬레이션은 작고 네 모난 독방입니다. 그 안에 책이 세 권 있는데, 다 읽고 나면 제 목이 바뀌죠. 물론 내가 제목을 고르지는 않습니다. 작은 화면에서 이런저런 오락 영상이 나오지만 썩 재미있지는 않아요. 매일 한 번씩 트랙이 나타나면 내가 운동하는 모습을 볼 수 있습니다. 이따금 오는 개척연맹 심문자 말고 유일한 손님은 대화 로봇인데, 프로그래머가 잘못 만들었는지 사람을 상대하는 기분은 나지 않습니다. 그저 내가 정말로 뇌 속에 홀로 있다는 사실을 상기시켜줄 뿐입니다.

그런 나한테 이 해변은 과분할 정도입니다.”

나는 대꾸해줄 말이 없었다. 우리는 가상의 코테슬로 비치에서 가상의 파도가 가상의 해변으로 밀려오는 광경을 계속 지켜보았다. 하늘에서는 가상의 새들이 맴돌고 있었다.

오캄포가 입을 열었다.

“이 해변이 당신과의 지난번 면담에 대한 포상 같네요.”

“당신이 알려준 대로 하르툼에서 CDF 전함을 노린 함정이 있었습니다. 제가 탄 우주선이 아슬아슬하게 때맞춰 도약해―하마터면 엔진이 터질 뻔했습니다―곧바로 교전을 벌였죠. 운 좋게 타이밍이 맞아떨어졌습니다.”

“대기 중인 개척방위군 전함을 보내지 않았군요.”

“죄송한 말씀이지만, 오캄포 차관님, 당신은 확정된 반역자이고 과거에 우주선들을 유인해 파괴시킨 전력이 있습니다. 그러니 개척방위군에서 전함을 보낼 리 없죠. 하지만 그들도 우리가 모험을 하는 건 상관하지 않았습니다.”

“나를 믿어줘서 고맙군요, 중위.”

"당신이 잃을 게 없는 처지라는 걸 믿었습니다, 차관님."

"둘이 같은 믿음은 아니겠군요."

"네, 그렇습니다. 죄송합니다."

오캄포가 다시 씩 웃고는 발가락을 해변 모래 속으로 밀어 넣었다. 이 시뮬레이션은 내가 만들 수 있는 거의 최상의 작품이었다. 프로그래밍의 관점에서 보면 실로 경이로운 수준이었다. 물론 오캄포의 시야에 들어오는 부분만 정밀했다. 그가 보고 있지 않은 해변은 모두 저해상도 지도였고, 그의 발바닥 바로 아래가 아닌 곳의 모래밭은 밋밋한 매트였다. 이 해변은 유리통 속의 뇌로 존재하는 남자의 주위에 존재하는 거품 같은 허상이었다.

오캄포가 물었다.

"나를 위해 이 해변을 만들었습니까? 상으로 주려고?"

"상은 아닙니다. 그냥 좋아하실 것 같아서요."

"마음에 듭니다."

"그리고 솔직히 말하면 당신 때문에 만든 건 아닙니다. 최근에 레이프 다킨이 생일을 맞았거든요. 그 친구를 위해 만들었습니다."

"여태 몸을 주지 않았단 말입니까?"

"새 몸은 준비되었습니다. 언제든 원하면 들어갈 수 있죠. 당장은 챈들러 호에 남아 계속 조종하기로 했습니다. 그 친구 이제 정말 선수입니다. 놀라운 곡예도 종종 했고요."

186

"다킨을 위해 준비한 선물을 그의 몸에서 뇌를 꺼내게 한 자에게 준 걸 알면 그 친구가 어떤 기분일지 궁금하네요."

"사실 그러라고 한 사람이 다킨입니다. 상자 속의 뇌로 있는 것이 얼마나 외로운지 기억한다고 당신한테 말해주라더군요. 조금은 위로가 되길 바란다면서요."

"정말 친절한 사람이군요."

"맞습니다."

사실 다킨은 나더러 거대한 백상아리가 오캄포의 가상 몸뚱이를 갈가리 찢도록 프로그래밍해도 된다고 했지만, 굳이 그 이야기는 하지 않았다. 지금 같은 분위기에 썩 어울리지 않을 듯싶었다. 다킨은 나름대로 오캄포를 용서했지만 증오까지 잊지는 않았다.

"중위. 이 해변 여행이 즐겁기는 하지만, 당신이 나를 찾아온 건 우리가 친구여서는 아니라는 느낌이 듭니다."

"당신에게서 좀 더 정보를 얻고 싶습니다, 차관님. 이퀼립브리엄에 관해서 말입니다."

"물론 그렇겠죠."

"정보를 주시겠습니까?"

오캄포는 대답하지 않고 앞으로 걸어 나가 바닷물에 발을 담갔다. 파도가 밀려들어 발목을 휘감자, 두 발이 모래 속으로 살짝 더 파묻혔다. 그 모습을 보고 나도 모르게 싱긋 웃었다. 내가 만들었지만 정말 훌륭한 시뮬레이션이었다.

"내가 왜 이퀼리브리엄의 일원이 됐는지 줄곧 생각해봤습니다."

오캄포가 말했다. 그러면서 나를 돌아보고 빙그레 웃었다.

"걱정 말아요, 중위. 환멸과 후회의 독백 따위로 당신이 예의상 고개를 끄덕이게 하지는 않을 테니까. 이제 나는 내가 지나친 권력욕과 야망 때문에 그랬다는 것을 인정합니다. 그게 본질이니까요. 하지만 다른 이유도 있습니다. 개척연맹이 어쩌다 그리 됐는지는 몰라도 인류의 생존을 위협하는 적이라는 믿음 말입니다. 우리가 아는 다른 모든 종족들은 개척연맹으로 인해 인류를 표리부동하고, 야만적이고, 탐욕스럽고, 교활하고, 위험한 존재로 여기게 됐습니다. 앞으로도 영원히 그렇게 생각할 겁니다."

"따지고 보면 그들도 천사 같은 존재는 아닙니다."

"물론 그렇겠죠. 하지만 중요한 것은 우리가 상대하는 자들과의 관계입니다. 콘클라베는 우주를 돌아다니는 400개 종족을 규합해 하나의 정부를 이루었습니다. 반면 우리와는 아무도 손잡으려 하지 않죠. 따라서 문제는 그들이 아니라 우리, 즉 개척연맹이라는 뜻입니다."

나는 반박하려고 입을 벌렸다. 오캄포가 손을 들어 제지했다.

"지금은 이런 논쟁을 할 때가 아니란 건 나도 압니다. 내 말의 요지는 이겁니다, 중위. 어떤 이유에서건 나는 이퀼리브리엄과 한패였습니다. 하지만 그와는 별개로, 개척연맹의 문제는 여전히 남습니다. 개척연맹은 스스로에게 해롭습니다. 인류에게 해롭습니다. 그리고 이 우주에서 인류의 생존에 해롭습니다. 나는 내 능력껏 당신을 돕겠습니다, 윌슨. 이제는 그러지 않을 이유가 없으니까요. 하지만 개척연맹이 변화하지 않으면, 크고 중대한 변화가 일어나지 않으면, 우리가 지금 하는 모든 일은 더러운 깡통을 고작 저만치 걷어차는 짓에 불과합니다. 문제는 여전히 존재하겠죠. 오래 머뭇거릴수록 상황은 악화됩니다. 그리고 이미 더 나빠지기도 어려운 지경입니다."

"알겠습니다."

"좋습니다. 이제 질문하세요."

"다킨이 이퀼리브리엄 본부를 공격한 뒤, 그들은 거기서 철수했습니다."

"네. 더 이상 안전하지 않은 장소였으니까요."

"새로운 본부가 어디 있는지 알고 싶습니다."

"나도 모릅니다. 설령 내가 정확히 안다 해도 이퀼리브리엄은 그곳을 사용하지 않을 겁니다. 당신네가 내 머릿속에서 그 위치 정보를 빼내리라 짐작했을 테니까요."

"그럼 추측이라도 해주시면 좋겠습니다."

"이퀼리브리엄은 비교적 소규모 조직이지만, 여기서 주목할 단어는 '비교적'입니다. 이들이 사용할 기지는 하나면 충분하지만, 비교적 큰 기지여야 하고 최근에 버려진 곳이어야 합니다. 거기 시스템을 빨리 복원해서 가동해야 하니까요. 또한 이퀼리브리엄에 우호적인 행성 주변이거나 최근에 버려졌거나 중심 세계의 감시가 뜸한 외곽 구역에 있어야 합니다."

"그렇다면 사용 가능한 군사 기지 중 상당수를 배제할 수 있겠네요. 이것만으로도 큰 도움이 되겠습니다."

"시야를 좀 더 넓혀보세요."

"어떻게 말입니까?"

"당신은 군인의 눈으로만 보고 있습니다. 기회주의적인 도둑의 눈으로 보세요. 이퀼리브리엄처럼 말입니다."

"군사 기지만이 아니란 뜻이군요. 적당한 기반 시설을 갖추고 있다면 어떤 기지든 상관없다는 거죠."

"네."

"이퀼리브리엄과 손잡은 종족들의 기지만도 아니고요."

"맞습니다. 이퀼리브리엄은 당신네가 이미 그런 곳을 눈여겨볼 걸 알고 있습니다. 아마도 개척연맹 레이더의 사각지대를 노릴 겁니다."

나는 잠시 생각에 잠겼다.

문득 정말로 진짜로 어처구니없이 황당한 생각이 떠올랐다.

그 깨달음의 순간을 내 컴퓨터 시뮬레이션이 정확하게 재현해주었는지 오캄포가 나를 보고 빙그레 웃었다.

"어떤 분 머릿속에서 뭔가 반짝 했나 보군요."

"죄송하지만 가봐야겠습니다, 차관님."

"괜찮습니다. 어차피 붙잡을 수도 없는데요 뭐."

"이 시뮬레이션은 끄지 않고 놔두겠습니다."

"고맙습니다. 그러면 나야 좋죠. 물론 당신이 떠나고 나면 몇 분 뒤에는 관리자들이 끄겠지만, 그때까지 실컷 즐기면 됩니다."

"더 오래 켜두라고 말해놓겠습니다."

"좋을 대로 하십시오. 그런다고 달라질 건 없습니다만."

"죄송합니다."

지금껏 오캄포가 저지른 모든 짓에도 불구하고 나는 그가 안쓰러웠다.

오캄포는 어깨를 으쓱했다.

"이게 내 팔자죠. 그동안 해온 짓을 생각하면 억울하다는 말도 못 합니다. 하지만 한 가지는 기억해주기 바랍니다, 중위. 당신 머릿속에 떠오른 그 생각대로 모든 계획이 성공적으로 마무리되면, 내 대신 부탁 하나만 해주십시오."

"뭔데요?"

나는 그가 새 몸을 달라고 할까 봐 불안했다. 개척연맹이 그런 요청을 받아줄 리 만무하니까.

오캄포는 내 생각을 읽은 듯했다.

"새 몸을 요청해달라는 게 아닙니다. 어차피 들어줄 리도 없죠. 사법적 관용의 한계를 넘어서는 부탁이니까요. 하지만 피닉스 행성에 내 땅이 조금 있습니다. 아니, 있었죠. 산속 작은 호수 옆에 있는 아담한 여름 별장입니다. 숲과 초원으로 이루어진 100에이커의 땅인데, 10년 전에 매입할 때는 거기서 글 쓰고 사색할 생각이었습니다. 하지만 한 번도 못 했습니다. 사람 사는 게 다 그렇죠. 결국 어리석게 돈 낭비만 했다는 생각이 들어 팔아버릴까도 생각했지만 그러진 않았습니다. 언젠가는 사용할 날이 올 거라 기대하며 살았나 봅니다. 이젠 영영 그럴 수 없습니다. 다시는 그 별장을 못 보겠죠. 실제로 보는 건 말입니다."

그는 다시 해변 저 너머, 존재하지도 않는 인도양을 바라보았다.

"만약 모든 일이 잘 풀려 당신이 이 모험의 목적을 이루면, 그 오두막 별장을 시뮬레이션으로 이곳에 옮겨올 수 있도록 힘을 써주세요. 나는 영영 진짜 세상으로 나가지 못할 겁니다. 하지만 그 시뮬레이션이 훌륭하다면 난 그것과 더불어 살 수 있겠죠. 그리고 요즘은 생각 말고는 할 일이 없습니다. 마침내 그 별장을 애초에 구입한 목적대로 쓰게 되는 셈이죠. 실제 별장은 아니지만 말입니다. 그러겠다고 말해줘요, 윌슨 중위. 내게는 당신이 상상할 수 없을 만큼 고마운 선물이 될 겁니다."

"세드나입니다."

작은 회의실 안에서 이건, 아붐웨, 하트 슈미트와 함께 앉아 있던 리그니 대령이 내 말을 듣고 눈살을 찌푸렸다.

"뇌도우미로 검색하기 귀찮으니 자세히 설명해봐."

"세드나는 지구 태양계에 있는 왜소행성입니다. 더 정확히 말하자면, 태양계 외곽의 오르트 성운(명왕성보다 먼 궤도를 도는 혜성군—옮긴이) 안쪽 가장자리에 있는 왜소행성이죠. 태양에서 해왕성까지의 거리보다 세 배쯤 멉니다."

"좋아. 그게 어쨌다는 거지?"

"오캄포는 이퀄리브리엄의 현재 기지가 어디 있는지는 모르지만 그들이 군사 기지건 민간 기지건 최근에 버려진 기지를 노릴 거라고 했습니다. 또한 우리가 간과하는 곳일 거라고 했죠. 우리 레이더의 사각지대에 있는 장소 말입니다."

나는 내 뇌도우미를 이용해 회의실 벽에 달린 모니터를 켰다. 작고 불그스름한 행성이 화면에 떴다.

"세드나입니다. 이 행성에 개척연맹이 가장 오랫동안 운영한 과학 기지 중 한 곳이 있었습니다. 심우주 천문학과 행성 과학 연구에 쓰인 기지였죠. 세드나는 지구 태양계 전체와 그곳의 궤도 역학을 관찰하기에 좋은 장소이기 때문입니다."

이건이 말했다.

"금시초문인데."

"지난 20년 동안 휴면 상태였으니까요. 기본적으로 과학자 서너 명이 격월로 한 달씩 거주했는데, 주로 초장기적인 관찰 프로젝트의 데이터를 확인하고 관리 로봇들을 가동하며 지냈습니다."

나는 그 기지의 지도를 화면에 띄웠다.

"하지만 주목할 점은 100여 년 전 이 기지가 가장 활발히 운용되던 시절에는 천 명도 넘는 사람들이 여기 있었다는 사실입니다.”

하트 슈미트가 내게 물었다.

“자네는 어떻게 그토록 잘 알지?”

“자랑할 일은 아니지만 사연이 좀 있거든. 과거에 내가 CDF 연구개발부에서 일할 당시 같은 부서에 진짜 또라이 자식이 있었는데, 내가 그 친구를 저 기지로 전근시켜버렸어.”

리그니가 피식 웃었다.

“잘했군.”

“지금 생각해보니 그 친구만 또라이였던 건 아니네요.”

이건이 기지 지도를 가리키며 물었다.

“이제는 관리자가 한 명도 없나?”

“네. 페리 사건으로 지구가 개척연맹과의 공식적인 관계를 단절한 이후 우리는 저 기지를 버렸습니다.”

나는 개척연맹 역사상 가장 큰 정치적 위기를 몰고 온 옛 친구가 생각나 살짝 웃고 말을 이었다.

“정치적 이유 때문이었습니다. 우리가 지구 근처에 숨어서 감시한다는 인상을 주지 않기 위해서였죠. 물론 경제적인 이유도 있었습니다만.”

리그니가 한마디 했다.

“그러니까 저기가 우리 감시망 사각지대에 있는, 최근에 버려진 대규모 기지라는 소리군.”

“맞습니다. 물론 개척연맹이나 개척방위군, 혹은 다른 종족들

194

이 사용하다 최근에 버린 큰 기지가 여기에만 있는 것은 아닙니다. 그런 장소의 목록을 만들어 일일이 조사해야겠죠. 하지만 제가 만약 한 장소에 돈을 건다면 이 기지에 걸겠습니다. 당장 확인해야 합니다. 물론 은밀하게 말이죠."

"음, 자네는 바쁜가?"

아붐웨가 대신 대답했다.

"바쁩니다. 제가 중위에게 시급한 임무를 하나 맡겼거든요. 지금 곧 지구로 가야 합니다."

리그니가 아붐웨를 보고 못마땅하게 말했다.

"대체 그 이야기를 언제 해주실 생각이었습니까?"

"방금 했잖아요. 여기 오기 전에 저는 아홉 행성 대표들을 달래서 우리의 제안을 받아들이게 하느라 정신이 없었습니다."

이건이 물었다.

"어떻게 됐나요?"

"기대만큼 잘 진행되고 있습니다. 허클베리 행성 대표가 불만을 표하고 있긴 하지만 원래 불만이 많은 자입니다. 나머지 대표들은 이 기회를 호재로 여기고 그자를 설득하고 있습니다. 곧 합의가 이뤄질 겁니다."

"잘됐네요."

"두 분 쪽에서도 합의가 이뤄져야 합니다, 대령님."

이건과 리그니는 서로를 바라보았다. 이건이 대꾸했다.

"진행 중이에요."

"긍정적인 상황이 아니라는 말로 들리네요."

"성사될 겁니다. 얼마나 순조롭게 결정되느냐가 문제일 뿐이죠."

리그니가 다시 말했다.

"윌슨 중위가 지구로 가기는 쉽지 않습니다. 우리 우주선을 거기로 보낼 수가 없으니까요. 현재로서는."

내가 대꾸했다.

"저에게 해결책이 있습니다. 조금 애매하긴 하지만."

"애매하다?"

"몇 년 전에 개발이 중단된 기술을 이용하는 방법이거든요."

"어째서 중단됐지?"

"그 기술을 이용하면 간혹…… 폭발이 일어납니다."

하트의 눈이 휘둥그레졌다.

"폭발이라니?"

"음, '폭발'은 아주 정확한 표현은 아닐 거야. 실제로 벌어지는 일은 훨씬 더 흥미진진하지."

지구 상공에 떠 있는 동안 내 머릿속에 한 가지 생각이 떠올랐다.

언젠가는 지구 대기권에 몸을 던지지 않고 정상적으로 이 행성을 방문하고 싶군.

현재 내가 앉아 있는 자그마한 철망 썰매는 크기가 작은 버기카(사막 같은 모래밭에서 쓰이는 자동차—옮긴이)만 하고, 탑승자를 우주 공간에 완전히 노출시켰다. 내 전투복과 소형 산소통이 없었다면 나는 우주의 진공에 통째로 삼켜졌을 것이다. 이 버기카 안에는 실험적인 도약 추진기가 내 뒤쪽에 달려 있었는데, 두 개의 거대한 물체, 예컨대 항성과 행성, 또는 행성과 위성 주변에 상대적으로 공간이 평평한 지점인 라그랑주 포인트(서로 공전하는 두 천체 주변에 중력이 0이 되어 역학적으로 안정된 지점—옮긴이)를 이용하도록 설계된 장치였다. 다행히도 이 새로운 타입의 도약 추진기를 뒷받침하는 이론은 이미 검증되었다. 즉, 이 새로운 추진기가 신뢰성을 확보하면 우주여행 방식에 일대 혁명이 일어날 수 있었다.

안타깝게도 우리의 피나는 노력에도 불구하고 질량 5톤 미만 물체의 도약 성공률은 98퍼센트를 넘지 못했으며, 그보다 무거워지면 실패율이 급격히 상승했다. 개척연맹 표준 프리깃함 크기의 우주선일 경우 성공률이 7퍼센트까지 떨어져서 매우 불안정했다. 도약 추진이 실패하면 우주선이 폭발했다. 여기서 '폭발했다'의 정확한 의미는 '우리가 도저히 설명할 수 없는 방식으로 시공의 지형과 파멸적으로 상호작용했다'이지만 어쨌든 그 요지는 '폭발'이며, 특히 그 안에 있는 인간에게는 그 말에 딱 맞는 일이 벌어진다.

우리는 이 문제를 도저히 해결할 수 없었고, 개척연맹과 개척방위군은 폭발 가능성이 93퍼센트에 이르는 장치를 우주선에 달길 꺼렸다. 결국 이 연구는 중단되었다.

하지만 현재 피닉스 정거장 창고에는 우리가 그 프로토타입 엔진을 달아 만든 아주 작고 가벼운 운송기들이 여전히 쌓여 있었다. 그것들은 지구로 가야 하는 내게 더없이 적합했다. 서둘러 가야 하는 데다—가장 가까운 라그랑주 포인트까지만 이동하면 그만이었다—그 썰매가 아주 작아서 지구 대기권 가까이 도약해도 들킬 염려가 없기 때문이었다. 한마디로 이번 임무에 딱 맞는 이동 수단이었다.

내가 폭발하지만 않는다면 말이다.

나는 폭발하지 않았다.

실로 다행이었다. 이번 여행에서 어려운 부분이 끝났다는 뜻이었다. 이제 내가 할 일은 중력에 몸을 맡기고 지상으로 떨어지는 것뿐이었다.

안전벨트를 풀고 몸을 던지자 썰매가 점점 멀어져갔다. 그썰매는 초고층 대기 속에서 불타버릴 운명이었다. 그럴 때 내가 거기 있으면 곤란했다.

다행히도 대기권 여행은 순조로웠다. 나노봇 방어막은 완벽하게 기능했고, 난기류도 대체로 견딜 만했으며, 대류권을 하강하는 동안에는 나노봇 낙하산이 펼쳐져 깃털처럼 가볍게 착지할 수 있었다. 워싱턴 시 외곽의 포토맥 강 유역 버지니아 주(州) 쪽에 자리 잡은 아담한 공원이었다. 나노봇들이 만들어준 낙하산이 먼지처럼 분해되어 사라지는 동안, 나는 우주 공간에서 지구 표면으로 떨어지는 일이 조금 지겨워진다는 생각이 들었다.

내 인생이 그렇지 뭐.

뇌도우미에 접속해 현지 시각을 알아보니 일요일 새벽 3시 20분이었다. 내가 원한 장소에 착륙했다는 것도 확인했다. 미국 버지니아 주 알렉산드리아.

"우와!"

누군가가 놀라는 소리에 그쪽을 돌아보니, 늙은이 한 명이 벤치에 누워 있었다. 노숙자이거나 그냥 공원에서 자는 걸 좋아하는 양반 같았다.

내가 말했다.

"안녕하쇼."

"당신 방금 하늘에서 떨어졌어."

"사연이 좀 길다오, 노인장."

몇 시간 뒤, 내가 찾는 사람을 발견했다. 그녀는 자기 집에서 썩 멀지 않은 식당에서 브런치를 먹고 있었는데, 나는 그녀의 집을 알고 있었지만 거긴 일부러 가지 않았다. 연락도 없이 불쑥 나타나는 건 무례한 짓이니까.

그녀는 인도 쪽 테라스의 난간 옆에 있는 2인용 테이블에 혼자 앉아 있었다. 한 손에는 블러드메리를 들고 또 한 손에는 연필을 들고 있었다. 그녀는 칵테일을 마시며 십자말풀이를 하고 있었다. 햇빛을 가리려고 모자와 선글라스를 썼는데, 선글라스는 집적대는 남자들과 눈이 마주치지 않으려고 쓴 것 같았다.

내가 다가가 십자말풀이를 내려다보고 말했다.

"32번 밑으로 '파프리카'."

그녀는 고개도 들지 않고 대꾸했다.

"나도 알아요. 어쨌든 고마워요, 아무나 집적대는 아저씨. 그리고 십자말풀이 훈수 두는 걸로 환심을 살 생각이라면, 그냥 가던 길 계속 가세요. 괜히 망신당하지 말고 딴 데 가서 알아봐요."

"두 번이나 목숨을 구해준 사람한테 참 반가운 인사로군요."

그녀가 고개를 들더니 입이 딱 벌어졌다. 손에 쥐고 있던 칵테일이 미끄러져 바닥에 떨어졌다.

쏟아진 술을 보고 그녀가 당황해 소리쳤다.

"제기랄!"

"그게 더 낫군요. 안녕하세요, 대니얼."

웨이터가 쏟아진 술을 치우러 오자, 미국 국무부의 대니얼 로언이 일어서서 나를 보고 물었다.

"정말 당신 맞아요?"

"물론이죠."

그녀는 다시 나를 유심히 보고 말했다.

"초록색이 아니네요."

나는 빙그레 웃었다.

"너무 튈 것 같아서 말이죠."

"충격적이에요. 초록색이 아닌 당신을 보니 역겨울 정도로 너무 젊어 보여요. 얄미워라."

"한시적일 뿐이니 안심하세요."

"다음에는 자주색으로 해보지그래요."

"전통을 고수할 생각입니다."

웨이터가 쏟아진 술과 깨진 유리잔을 다 치우고 돌아갔다. 대니얼이 나를 보고 물었다.

"자리에 앉을래요, 아니면 이렇게 계속 어색하게 서 있을래요?"

"앉으라고 말해주길 기다리는 중입니다. 아까 그냥 가던 길 가라고 했잖아요."

대니얼이 싱긋 웃었다.

"해리 윌슨 씨, 저랑 같이 브런치 드실래요?"

"기꺼이 그러겠습니다."

내가 난간을 넘어가자, 대니얼이 다가와 나를 꽉 껴안고 볼에 입을 맞춰주었다.

"맙소사, 이렇게 당신을 보다니. 정말 반가워요."

"고맙습니다."

우리 둘 다 자리에 앉았다. 곧바로 그녀가 말했다.

"자, 이제 여기 온 이유를 말해줘요."

내가 물었다.

"그냥 당신 만나러 왔을 거라는 생각은 안 합니까?"

"물론 그렇게 생각하고 싶지만, 아뇨. 당신이 이 동네 사람도 아니잖아요. 그나저나 어떻게 왔어요?"

"그건 기밀입니다."

"포크로 찔러버리는 수가 있어요."

"아주 작은 실험적인 운송 수단을 이용했습니다."

"비행접시라도 타고 왔나요?"

"우주 버기카가 더 어울리는 표현입니다."

"우주 버기카라. 썩 안전하지는 않을 것 같네요."

"현재 성공률 98퍼센트라 지극히 안전하죠."

"어디다 세워놨어요?"

"세워놓지 않았습니다. 초고층 대기 속에서 불타버렸습니다. 난 거기서 뛰어내려 지상으로 낙하했고요."

"당신은 툭하면 뛰어내리는군요, 해리. 지구를 방문하는 쉬운 방법은 얼마든지 있어요."

"현재로서는 없습니다. 적어도 나한테는."

웨이터가 대니얼의 칵테일을 새로 가져오자 그녀가 우리 둘의 식사를 주문했다. 그리고 내게 말했다.

"여기 음식 괜찮아요."

"이 동네 식당은 나보다 당신이 더 잘 알겠죠."

"어쨌든 당신은 여기 떨어졌어요. 이유를 말해줘요."

"당신이 나를 미국 국무장관과 만나게 해주면 좋겠습니다."

"우리 아빠 말이로군요."

"실은 UN의 모든 국가들 앞에서 이야기해야 합니다. 하지만 당장은 당신 아버지를 만나는 걸로 만족해야겠죠."

"서신을 보내면 되잖아요?"

"서신으로 이야기할 수 없는 문제라 그렇습니다."

"지금 해봐요."

"좋습니다. '친애하는 대니얼 로언. 안녕하세요? 저도 잘 지냅니다. 지구 정거장을 파괴하고 개척연맹의 소행처럼 보이게 한 집단이 이번에는 핵무기를 이용해 당신 행성을 불바다로 만든 다음 콘클라베에게 뒤집어씌울 준비를 하고 있습니다. 그럼 잘 지내요. 다음에 또 당신을 우주에서 구출할 날을 손꼽아 기다리겠습니다. 당신의 친구, 해리 윌슨.'"

대니얼은 잠시 말이 없었다. 이윽고 그녀가 입을 열었다.

"그래요, 당신 말이 옳아요."

"고맙습니다."

"확실해요? 이퀄리브리엄이 핵무기로 지구를 공격할 계획이라는 부분 말이에요."

"네. 관련 자료와 데이터를 모두 갖고 있습니다."

나는 관자놀이를 톡톡 쳐 내 뇌도우미를 가리키고 덧붙였다.

"아직 백 퍼센트 검증되진 않았지만 신뢰할 만한 곳에서 입수한 정보입니다."

"어째서 이퀄리브리엄이 그런 짓을 하려는 거죠?"

"장담하건대 그 이유를 들으면 분노할 겁니다."

"당연히 분노하겠죠. 어떤 이유로도 행성 전체에 핵 공격을 하는 건 용납할 수 없으니까요."

"지구 때문이 아닙니다. 이퀼리브리엄은 개척연맹과 콘클라베가 서로 싸우게 만들어 둘 다 파멸시킬 속셈입니다."

"난 그들이 다른 음모를 꾸미는 줄 알았어요. 지구와는 상관없는 계략 말이에요."

"그랬죠. 하지만 우리가 그걸 알아냈습니다. 결국 계획을 수정해 지구를 도구로 이용하려는 겁니다."

"두 집단의 싸움을 붙이려고 지구인 수십억 명을 죽인단 말이에요?"

"그런 셈입니다."

대니얼의 눈이 이글거렸다.

"우린 정말 개 같은 우주에 살고 있어요, 해리."

"우리가 처음 만난 이후로 내가 줄곧 당신한테 했던 말이죠."

"그래요. 하지만 이런 일이 있기 전에는 난 당신이 틀렸다고 믿었어요."

"미안합니다."

"당신 잘못이 아니에요. 개척연맹의 잘못이겠죠. 과거에 그들이 저지른 짓을 생각하면 분명히 그래요."

"틀린 말은 아닙니다."

"물론이죠. 정말이지 개척연맹은……."

내가 한 손을 들자 대니얼이 말을 멈췄다.

"당신은 나를 만날 때마다 개척연맹에 대해 열변을 토합니다. 그리고 나는 당신을 만날 때마다 우리의 생각이 크게 다르지 않다고 대답하죠. 당신만 괜찮다면 나는 우리의 이런 대화를 잠시 접어두고 다른 이야기로 넘어가고 싶습니다."

대니얼은 뾰로통하게 나를 보았다.

"난 개척연맹 씹는 게 좋아요."

"미안합니다. 그럼 계속하세요."

"이미 늦었어요. 김샜다고요."

주문한 음식이 나오자 대니얼이 한숨을 쉬었다.

"이젠 먹고 싶은 생각이 없네요."

"행성 전체가 핵무기 공격으로 쑥대밭이 될 마당에 입맛이 좋을 리 없겠죠."

나는 와플을 우적우적 먹었다. 대니얼이 쌀쌀맞게 말했다.

"당신은 만사태평해 보이네요. 하긴 당신 행성 문제도 아니니까."

"지구는 분명히 내 행성입니다. 난 인디애나 주 출신이에요."

"하지만 오래전 일이잖아요."

"그리 오래전도 아닙니다."

나는 와플을 한 입 베어 물고 씹다가 꿀꺽 삼켰다.

"내가 이렇게 먹을 수 있는 건 계획이 있기 때문입니다."

"계획이 있으시다."

"그래서 여기 온 거죠."

"당신 머릿속에서 나온 계획인가요?"

"아뇨. 아붐웨 대사의 생각이었습니다. 대부분은 말이죠. 나는 옆에서 거들었을 뿐이고."

"이렇게 말하면 언짢을지 모르겠지만……."

"이거 맛있어 보이는데요."

나는 오렌지주스를 한 모금 마셨다. 대니얼의 말이 이어졌다.

"당신이 아니라 아붐웨 대사가 생각해낸 계획이라니 한결 믿음이 가네요."

"네, 압니다. 그녀는 다 큰 어른이니까요."

"맞아요. 반면 당신은 내 남동생처럼 어려 보여요."

"실제로는 당신과 아붐웨의 나이를 합친 것보다 오래 살았죠."

"방금 한 말 취소할게요. 당신은 내 남동생의 겁나게 매력적인 대학 룸메이트 같아요. 그리고 당신이 우리 할아버지만큼 늙었다는 소리는 그만해요. 인지 부조화 때문에 내 야릇한 환상이 다 깨져버린다고요."

나는 빙그레 웃었다.

"하여간 당신의 냉소적인 농담 솜씨는 알아줘야 합니다."

"그래요? 네, 맞아요. 시답잖은 농담이 끝나는 순간 제대로 폭발할 테니 기대해요, 해리."

"그러지 말아요. 우리에겐 책임감 있는 어른이 생각해낸 계획이 있다는 점을 명심해요."

"그래서 그 계획의 내용이 뭐죠?"

"작은 것 여러 개, 그리고 아주 큰 거 하나."

"그게 뭔데요?"

"지구가 개척연맹을 신뢰하는 것입니다."

"뭣 때문예요?"

"지구를 구하기 위해서입니다."

"아하. 벌써부터 설득하기 쉽지 않겠구나 싶은데요."

"그러니 이제 내가 당신한테 서신을 보내지 않고 직접 온 이유를 알겠죠? 맨 먼저 당신을 찾아온 까닭도."

대니얼은 심각하게 말했다.

"해리, 우리가 서로를 인간적으로 좋아한다는 이유만으로 우리 아빠나 다른 고위 관리가 당신 이야기를 들어주진 않을 거예요."

"물론입니다. 하지만 우리가 친한 사이이고 내가 당신 목숨을 두 번이나 구해줬다면 적어도 문간에 발은 들일 수 있겠죠. 그 뒤는 이 계획이 알아서 관심을 끌어줄 겁니다."

"훌륭한 계획이어야 해요, 해리."

"그럼요. 장담합니다."

"우리가 당신네를 믿는 것 말고 또 뭐가 필요하죠?"

"우주선 한 척이 필요합니다. 그리고 당신이 너무 바쁘지 않다면 당신도 필요하고요."

"내가 왜 필요하죠?"

"왜냐하면 콘클라베의 수장인 하프테 소르발을 만나러 갈 거니까요. 당신은 가장 최근에 콘클라베에 파견된 외교단의 대표였습니다. 여기서 합의가 이뤄지면, 콘클라베에서 소르발을 만나 논의할 것들이 있습니다."

"현재 콘클라베는 공식적으로 개척연맹과 이야기하지 않아요."

"네, 압니다. 계획이 있습니다."

"그것도 아붐웨의 생각인가요?"

"네."

"알았어요."

대니얼이 PDA를 꺼내 들었다.

"뭐 하려고요?"

"아빠한테 전화해야죠."

"브런치 다 먹고 합시다."

"시급한 사안인 줄 알았는데요, 해리."

"맞습니다. 하지만 난 오늘 하늘에서 떨어졌습니다. 와플 두 개쯤은 먹을 자격이 있어요."

PART THREE

"이렇게 또 만나는군요. 물론 나한테는 전혀 놀랍지 않은 일입니다만."

하프테 소르발이 우리에게 말했다.

이날 소르발을 접견하러 온 사람은 아뭄웨 대사와 로언 대사, 그리고 이들 둘의 공동 보좌관으로 참석한 나까지 세 명이었다. 소르발에게도 보좌관이 있었는데, 물론 콘클라베 전체의 정보를 주무르는 브낙 오이를 일개 보좌관으로 보기에는 무리가 있었다. 소르발과 두 대사는 앉아 있었고, 오이와 나는 서 있었다. 요즘 나는 회담장에서 서 있는 일이 잦았다.

우리 다섯 명이 모인 장소는 콘클라베 본부에 있는 소르발의 개인 서재였다. 문밖에는 지구와 개척연맹, 콘클라베의 외교 전문가들과 참모진, 자문위원단이 있었다. 조용히 관찰해보면 그들 모두가 지금 방 안에 들어가지 못하고 있다는 사실에 몹시 당황했다는 것을 느낄 수 있었다.

"솔직히 말씀드려도 되겠습니까?"

로언이 소르발에게 물었다. 나는 그녀가 일하고 있을 때는 어쩐지 '대니얼'로 생각하기가 어려웠다. 물론 그녀의 분위기가 사무적으로 변해서가 아니라 단순히 그녀의 직위에 대한 존중 때문이었다.

소르발이 되물었다.

"대사님, 지금 이 논의의 핵심은 서로 솔직해지는 것 아니던가요?"

"저는 회담 인원이 훨씬 더 많을 줄 알았습니다."

소르발은 인간이 보기에 너무도 소름끼치는 미소를 지으며 말했다.

"아마 밖에 있는 보좌진 모두가 같은 생각을 했을 겁니다, 대사님. 하지만 지금껏 나는 회담장 안에 있는 자들의 수와 실행 가능성 있는 쓸모 있는 결론의 수가 반비례하는 것을 매번 보았습니다. 이제 책임자 자리에 오르니 그런 광경을 훨씬 더 많이 보게 되더군요. 안 그렇습니까?"

"네, 대체로 옳은 말씀이라고 생각합니다."

"옳고말고요. 그리고 대사님들, 우리가 여기 모인 이유는 정말로 쓸모 있는 논의를 하기 위해서겠죠?"

아붐웨가 대답했다.

"그러길 바랍니다."

"물론 그래야죠. 자, 대사님. 지금 이 방에는 딱 필요한 만큼만 모여 있습니다."

로언이 고개를 끄덕였다.

"네, 소르발 수상님."

소르발은 아붐웨 쪽으로 고개를 돌리고 말했다.

"그렇다면 더 이상 시간낭비하지 맙시다. 시작하십시오, 대사님."

"소르발 수상님, 현재 이퀼리브리엄은 핵무기로 지구를 공격해 개척연맹으로 하여금 콘클라베가 그 공격을 주도했다고 믿게 하려는 계획을 추진하고 있습니다."

"네, 당신이 준비해온 보고서의 요점은 여기 있는 브낙 오이 국장에게서 들었습니다. 우리가 누명을 뒤집어쓰게 될 테니 그 공격을 막을 수 있게 도와달라는 요청을 하시려는 거겠죠."

"아닙니다, 수상님. 저희는 그 공격이 진행되길 바랍니다."

소르발은 살짝 뒤로 움찔하면서 로언과 아붐웨를 번갈아 보았다. 잠시 후 그녀가 다시 입을 열었다.

"허! 이건 실로 뜻밖의 대담한 전략이군요. 이 작전이 과연 우리 중 누구에게 이로울지 몹시 궁금하네요. 특히 공격의 표적이 될 가련한 지구인들에게 말입니다."

아붐웨가 내게 말했다.

"중위."

내가 설명했다.

"저희가 이 공격 계획을 막지 않는 것은 이퀼리브리엄을 끌어내기 위해서입니다. 이 집단은 작지만 의욕적이며, 지금껏 우리 중 어느 누구도 그들의 소재를 파악해 타격하지 못했습니다. 물론 레이프 다킨이 이퀼리브리엄의 손아귀를 벗어나면서 그들 본부에 심각한 타격을 입혔죠. 하지만 그것 한 번뿐이었습니다. 그들은 지금껏 교묘하게 암약해왔습니다."

오이가 한마디 했다.

"맞는 말입니다. 그래서 우리는 콘클라베 내부에 있던 이퀼리브리엄 첩자들을 숙청했습니다. 아마 지구와 개척연명도 그랬을 겁니다."

그 말에 아붐웨와 로언이 고개를 끄덕였다. 오이가 덧붙였다.

"하지만 이제 그들은 새로운 첩자를 심을 필요 없이 계획을 추진하는 것 같습니다."

아붐웨가 대꾸했다.

"새로운 동지들이 생겼을 수도 있죠."

"어쨌든 중위의 말은 맞습니다."

오이가 촉수로 나를 가리켰다. 아붐웨가 말했다.

"우리가 그들의 새 기지를 발견했습니다."

오이가 물었다.

"어딥니까?"

내가 대답했다.

"세드나에 있습니다. 지구 태양계 외곽에 있는 왜소행성입니다. 아붐웨 대사님의 우주선이 여기로 도약하기 직전에 확인했습니다."

소르발이 말했다.

"그렇다면 개척연맹이 이미 그들을 소탕했어야 마땅하지 않나요?"

아붐웨가 대답했다.

"그게 좀 복잡합니다."

내가 부연설명을 했다.

"그들의 새로운 기지가 어디 있는지는 알아냈지만, 그들이 지구를 공격할 때 동원할 함대는 거기 없습니다. 신중한 자들이죠."

로언이 한마디 했다.

"결국 개척연맹이 그 기지를 파괴한다 해도 지구는 이퀼리브리엄의 공격을 피할 수 없습니다."

아붐웨가 다시 소르발에게 말했다.

"그래서 그 공격이 진행되어야 합니다. 이퀼리브리엄의 함대를 지구로 끌어들이고, 동시에 이퀼리브리엄의 기지를 파괴하는 거죠. 양쪽 모두 달아날 곳이 없게 만드는 겁니다."

"난 이 작전에 콘클라베가 왜 필요한지 여전히 모르겠습니다."

내가 대꾸했다.

"저희가 양쪽 모두를 공격할 수는 없습니다. 이퀄리브리엄은 자신들이 지구를 공격할 때 개척연맹이 대응할 수 없다는 확신이 서야만 움직일 테니까요. 저희는 독립을 선언한 아홉 행성에 대규모 함대를 보내 그들을 위협한다는 인상을 풍겨야 합니다. 지구 공격에 대응하려면 며칠이 걸릴 정도로 전함들을 도약 지점에서 멀리 데려가는 것처럼 보여야 합니다. 또한 이퀄리브리엄의 공격에 즉각 대응하려면 충분한 수의 전함을 그들이 예상하지 못할 곳에 숨겨 놔야만 합니다. 핵미사일이 1기라도 지구 대기권을 통과하지 못하게 하려면 전함의 수가 넉넉해야 합니다. 저희가 보유한 전함들로는 이 작전을 수행하는 데만도 버겁습니다."

오이가 말했다.

"그러니까 콘클라베가 이퀄리브리엄 기지를 공격해달라는 거군요."

아붐웨가 대답했다.

"맞습니다. 그리고 이퀄리브리엄이 지구를 공격할 때 즉각 대응할 수 있도록 우리 함대를 콘클라베 영역에 숨기는 것을 허락해주십시오. 이퀄리브리엄은 개척연맹 함대가 그곳에 있을 줄 예상하지 못할 겁니다."

"개척연맹이 우리가 은신처로 허락한 곳의 행성들을 공격하지 않는다는 것을 믿으라는 소리군요."

"믿지 않으셔도 됩니다. 얼마든지 방어 병력을 배치하십시오.

우리 함대를 대기시킬 장소만 제공해달라는 겁니다."

소르발이 로언에게 눈을 돌리고 물었다.

"대사님 생각은 어떻습니까? 지금도 지구인들은 대부분 개척연맹이 지구 정거장을 공격해 지구 외교관 대다수가 포함된 수천 명을 학살했다고 믿지 않습니까."

그녀는 아붐웨와 나를 손짓으로 가리키며 말을 이었다.

"대사님은 지구가 개척연맹을 믿는다고 생각하시나요? 개척연맹이 지구를 파멸로부터 지켜줄 거라고 말입니다."

"결코 쉬운 결정은 아니었습니다. 여기에 또 콘클라베가 개입됩니다. 이 계획에 대한 저희의 동의는 콘클라베의 수락 여부에 달려 있습니다. 만약 콘클라베가 개척연맹을 믿지 않는다면 저희도 믿지 않습니다."

소르발이 아붐웨에게 물었다.

"그럴 경우 어떻게 되죠? 내가 개척연맹을 믿지 않는다면."

"이번 공격에 필요한 저희 자원을 모두 드리겠습니다. 그리고 최근 콘클라베가 취한 조치에도 불구하고, 과거에 그랬듯이 기꺼이 지구를 지켜주리라 기도하겠습니다. 적어도 수상님의 전임자인 가우 장군이 그랬던 것처럼 말입니다."

"단순히 선의로 지구를 지켜주진 않을 겁니다. 만약 콘클라베가 개입해서 지구를 구한다면, 지구를 우리 영향권으로 끌어들이는 일을 더 이상 망설이지 않을 겁니다. 따라서 대사님은 개척연맹이 그걸 받아들일 수 있다고 약속해야 합니다. 심지어

나중에 지구가 콘클라베에 가입할 가능성도 말입니다."

"이 시점에 개척연맹은 지구와의 완전한 결별을 인정합니다."

아붐웨는 고갯짓으로 로언을 가리키고 말을 이었다.

"아직 저희와 대화 채널을 열어둔 지구의 정부들에게도 그렇게 통보했습니다. 지구가 또다시 개척연맹에 병력과 개척민을 제공하는 포로 신세로 전락할 일은 없습니다. 이제 저희는 이 새로운 현실에서 생존하기 위한 변화를 모색하기 시작했습니다. 따라서 개척연맹의 향후 계획에 자의로든 타의로든 지구의 참여는 더 이상 계산에 넣지 않을 것입니다. 물론 지구가 콘클라베의 일원이 되는 것은 보고 싶지 않습니다. 하지만 파괴되는 것보다는 콘클라베 안에 있는 편이 낫습니다. 지구는 인류의 고향이니까요."

소르발이 고개를 끄덕이고 오이를 보았다.

"당신의 분석을 말해주세요."

"받아들이기 어려운 일입니다, 수상님. 더구나 신뢰할 만한 역사적 근거가 전혀 없는 자들의 제안이죠."

"그건 나도 압니다. 지금은 이들의 요청이 거짓이 아니라는 전제하에 평가해주세요."

"행성의 대량 학살을 방관한다는 윤리적 문제를 접어두면, 콘클라베에 이득 될 것이 거의 없습니다. 지구와 개척연맹 모두 콘클라베에 요구하는 것이 있지만, 이퀼리브리엄을 소탕한다는 점 말고는 우리에게 돌아올 이익을 전혀 제시하지 못하고 있습니다. 어차피 이퀼리브리엄은 우리가 당장 공격해서 무용지물로 만들 수 있습니다. 개척연맹과 지구는 우리가 필요하지만 우리는 그들이 필요 없습니다. 그리고 솔직히 말하자면, 콘클라베 안에는 지구나 개척연맹 혹은 양쪽 모두를 기꺼이 제거하려는 종족이 수백에 이릅니다. 콘클라베를 분열시키지 않고 지구를 우리 쪽으로 끌어들일 정치적 방법은 여전히 없습니다."

"우리가 이번 일에 개입하면 안 된다는 뜻이군요."

"어떤 면에 초점을 맞추느냐에 달렸습니다. 일단 윤리적 차원의 문제는 접어둔다고 말씀드린 걸 기억해주십시오. 제 말의 요지는, 이번 일에 개입할 경우 우리가 얻을 이익이 거의 없다는 점입니다."

"두 인류 집단의 감사를 제외하면 말이죠."

오이가 콧방귀를 뀌었다.

"여기 있는 인간 친구들에게는 미안하지만, 저는 인류의 감사를 조금도 중요하게 여기지 않습니다."

소르발도 수긍했다.

"지당한 말씀입니다."

아붐웨가 말했다.

"결국 도와주시지 않겠다는 거군요."

소르발이 대꾸했다.

"네, 돕지 않을 겁니다. 명백한 이득이 없다면. 콘클라베에게 돌아올 이득이 없다면 말입니다."

로언이 물었다.

"뭘 원하십니까?"

"뭘 원하냐고요?"

소르발은 같은 말로 되묻고 인간 대사들 쪽으로 몸을 내밀었다. 자신이 인류에 비해 얼마나 거대한지, 그리고 자신이 얼마나 분노했는지 똑똑히 보여주려는 심산이었다.

"난 당신 생각을 안 해도 되길 원합니다, 로언 대사! 그리고 당신도, 아붐웨 대사! 인류에 대해서도. 전부 다. 내 말 이해하겠습니까, 대사님들? 당신들이 얼마나 피곤한 존재인지 아십니까? 인류 문제에 내가 얼마나 많은 시간을 할애했는지 압니까?"

소르발은 두 손을 쳐들고 탄식하듯 말했다.

"당신네 기준으로 지난 2년 동안 내가 콘클라베 소속 종족 대표들보다 당신들 두 사람, 그리고 당신, 윌슨 중위를 더 자주 만났다는 사실을 압니까? 내 전임자가 당신들 때문에 얼마나 많은 시간을 빼앗겼는지 알아요? 만약 내게 인류를 사라지게 할 마술이 있다면 지금 당장 쓰겠어요."

내가 한마디 했다.

"그건 그렇죠."

아붐웨가 어이없다는 듯 나를 돌아보았다. 나는 문득 그녀가 나를 극도로 못마땅하게 여기던 시절이 그리 오래전이 아니라는 사실을 떠올렸다. 우리 관계가 그때로 되돌아가는 게 아닌가 싶었다.

소르발이 눈치를 챘다.

"중위 노려볼 필요 없어요, 대사님. 틀린 말도 아니잖아요. 내가 짜증이 나는 건 당연해요. 인류는 한마디로 골칫거리입니다. 하지만······."

그녀는 마지못해하는 기색이 역력한 목소리로 말을 이었다.

"인류를 사라지게 할 마술 따위는 없어요. 난 두 인류 모두에게 엮여 있습니다. 당신들은 우리한테 엮여 있죠. 그러니 이제 여러분을 돕기 위한 조건을 말하겠습니다."

소르발은 아붐웨를 가리켰다.

"개척연맹은 우리와 포괄적 불가침 조약을 맺고 외교와 무역을 전면 개방해야 합니다. 이런 구질구질한 비밀 대화 채널과 칼싸움을 중단해야 한다는 뜻입니다. 이퀼리브리엄을 뿌리 뽑고 나면, 우리가 그들에 대해 아는 모든 정보를 공동으로 공개해 세간에 나도는 소문과 추측을 일소하고, 최근 우리의 적대적 상황이 대부분 이퀼리브리엄의 계략에서 비롯되었다는 성명을 발표하는 겁니다. 그걸 이용하면 나는 대의회에서 조약을 통과시킬 수 있고, 당신들은 설득이 필요한 자들을 설득할 수 있을 거예요."

아붐웨가 말했다.

"콘클라베가 동지라고 설득하라는 말씀이군요."

"아닙니다. 양쪽 정부 모두 아직은 그걸 받아들일 준비가 안 됐어요. 실질적이고 의도적으로 상대의 목을 노리는 짓을 중단하자는 뜻일 뿐입니다."

소르발이 이번에는 로언에게 말했다.

"마찬가지로 지구도 우리와 불가침 조약을 맺고 외교와 무역을 전면 개방해야 합니다."

"저희가 어떻게 콘클라베를 공격할 수 있겠습니까."

"못 하겠죠. 하지만 이건 콘클라베의 안전을 위해서가 아닙니다. 지구를 지키려는 겁니다. 우리로부터."

"알겠습니다."

"좋습니다. 마지막으로, 지구와 개척연맹도 똑같은 불가침 조약을 맺고 외교와 무역을 전면 개방해야 합니다. 물론 나는 당장은 그들 둘이 다시 합치는 것을 원치 않지만, 완전히 결별하는 것도 콘클라베에 줄곧 위험 요인이 될 테니까요. 좋든 싫든 우리 모두를 위해 인류의 분열은 끝나야 합니다."

오이가 한마디 했다.

"삼각 교착 상태가 되겠군요."

내가 말했다.

"완벽합니다."

소르발이 덧붙였다.

"그럴 수도 있죠. 이제 우리 모두 서로를 건드리지 않는다는 합의에 따라 거리를 두고, 교류와 상업의 실질적인 통로는 계속 열어둘 겁니다."

오이가 한마디 했다.

"훌륭한 생각이십니다, 수상님. 다만 문제가 하나 있습니다."

아붐웨가 말했다.

"이 방에 없는 자들 모두가 문제로군요."

"그렇습니다."

오이는 다시 소르발을 보았다.

"수상님께서는 회의 참석자가 많을수록 일이 더뎌진다고 하셨습니다. 이 조약 체결에는 모두가 관여하게 될 겁니다. 대의회에서 통과될 리가 없습니다. 그리고 아붐웨 대사님도 개척연맹 사람들의 동의를 얻기가 쉽지 않으리라 봅니다. 로언 대사님은 더 어렵습니다. 지구는 실질적인 행성 정부조차 없으니까요. 그런 상황에서 행성 전체의 합의를 이끌어내기는 불가능하죠. 이 계획은 성공하지 못할 겁니다."

소르발이 대꾸했다.

"좋습니다. 그렇다면 이 방에 없는 자들에게는 투표권을 주지 않겠습니다."

"그건 아무도 좋아하지 않을 텐데요."

내가 한마디 했다.

"당연히 좋아할 리 없겠죠."

소르발이 대꾸했다.

"상관없어요. 이 방에 있는 우리 모두는 이 방법이 최선이라고 생각해요. 그래야 한다고 다들 동의합니다. 그렇죠?"

아붐웨와 로언이 고개를 끄덕였다.

"그럼 결정된 겁니다."

오이가 경고했다.

"이건 제왕적 행위입니다."

내가 반박했다.

"아뇨. 시의적절한 행위입니다."

나는 로언을 보고 말했다.

"루이지애나 매입."

로언이 눈살을 찌푸렸다.

"무슨 뚱딴지같은 소리예요?"

"설명해줄게요."

나는 소르발을 보고 말을 이었다.

"오래전 지구에서 토머스 제퍼슨이라는 미국 대통령이 자기 나라 면적을 두 배로 키울 토지 거래 제안을 받았습니다. 그게 루이지애나 매입이었죠. 법적으로 따지면 그는 이 거래를 승인할 힘이 없었습니다. 당시 미국 헌법으로는 대통령의 매입 권한이 불분명했거든요. 하지만 제퍼슨은 그냥 밀어붙였습니다. 덕분에 국가 면적이 두 배로 커졌죠. 의회도 어쩔 수 없었습니다. 땅을 돌려줄 수는 없는 노릇이니까요."

아붐웨가 지적했다.

"우린 땅을 사려는 게 아니에요, 중위."

"물론이죠. 하지만 다른 걸 사려고 합니다. 평화 말입니다. 함께 이퀼리브리엄을 물리쳐 평화를 사는 겁니다. 개척연맹과 콘클라베를 끝장내려고 존재하는 이퀼리브리엄은 머지않아 지구를 공격할 테고, 이는 곧장 콘클라베와 개척연맹의 충돌로 이어집니다. 그러니 머뭇거리지 마십시오. 소르발 수상님이 옳습니다. 지금 이 자리에서 합의하고 나중에 기정사실로 발표하세요. 그런 다음 이퀼리브리엄 소탕에 모두가 정신을 쏟게 하는 겁니다. 여기에 우리 모두의 존립과 몰락이 달려 있습니다. 저는 존립을 바랍니다."

오이가 대꾸했다.

"이 모든 일이 진행되고 나면 그때는 되돌리기에 너무 늦습니다. 새로운 기준으로 굳어질 겁니다."

"결코 나쁜 상황이 아닙니다."

"좋은 상황도 아니죠. 나머지 선택보다 조금 나은 상황일 뿐입니다."

소르발이 오이에게 물었다.

"그것이 정보국장으로서의 판단입니까?"

"정보국장으로서 저의 판단은 개척연맹이 줄곧 콘클라베에 가장 큰 단 하나의 위협이었으며 지구도 별반 다르지 않다는 것입니다. 만약 그들을 수상님의 등식에서 빼버릴 기회가 있다면 그렇게 하십시오. 설령 되돌릴 수 없다 해도 이번 합의가 그 기회라면 그렇게 하십시오. 물론 그로 인한 반발과 비난은 감수하셔야겠죠. 하지만 콘클라베의 붕괴를 막으신 점은 대의회도 인정하지 않을 수 없을 겁니다."

"오이, 이 계획이 성공할까요?"

"수상님은 콘클라베의 지도자이십니다. 수상님이 성공을 바라신다면 그리 될 겁니다. 물론 나중에 회원국들에게 잘 말씀하셔야 합니다. 당장은 이퀼리브리엄 소탕이 급선무입니다. 그러기 위해서는 최대한 은밀하게 일을 진행해야 합니다."

소르발이 고개를 끄덕이고 아붐웨에게 물었다.

"이 제안을 받아들이겠습니까?"

아붐웨는 고개를 끄덕였다.

"네."

"개척연맹의 동의를 얻을 수 있겠습니까?"

"이 방법 말고는 길이 없다고 설득하겠습니다."

"그러면 로언 대사님은?"

로언이 대답했다.

"수상님의 제안은 우리 행성을 핵 재앙으로부터 구해주는 것입니다. 당연히 받아들이겠습니다. 충분히 설득할 수 있습니다."

내가 그녀에게 한마디 했다.

"설득하지 말고 이미 결정됐다고 하세요." 그러자 오이가 말했다.

"합의됐습니다. 이제 다 같이 이 방을 나서기만 하면 됩니다."

소르발이 씩 웃었다. 섬뜩하지만 눈부신 미소였다.

"오늘 우리는 우주의 역사를 바꾸는 일이 얼마나 간단한지 배웠습니다. 이 순간을 위해 그토록 추악한 일들을 먼저 겪었을 뿐이죠."

그녀가 일어서자 아붐웨와 로언도 거의 바로 따라 일어섰다.

"자, 대사님들. 우리 함께 새로운 평화의 시대를 선언합시다. 어느 누구도 감히 앗아가지 못할 그런 평화를 말입니다. 그러고 나서 함께 싸우러 갑시다. 역사상 처음으로, 그리고 바라건대, 마지막으로."

2주 뒤, 개척연맹 표준 달력으로 11월 2일 오후 3시 무렵, 개척연맹은 아홉 행성이 독립을 선언한다는 공식 통보를 받았다. 개별적으로 존재하던 이들 행성은 즉각 외교 관계를 선포했고, 개척연맹에도 같은 제안을 했다.

예전 같았으면 개척연맹은 반란을 진압하려고 각 행성에 전함을 한 척씩 보냈을 것이다. 변변한 자체 방어 체계가 없는 행성을 상대로 무리할 까닭이 있겠는가. 하지만 하르툼 행성에서 튀빙겐 호가 공격당한 이후, 전략의 변화가 필요하다는 점이 명백해졌다. 즉, 반란에 대한 개척연맹의 대응 방식이 달라져야 했다. 특히 여러 행성이 동시에 들고 일어난 반란에 대해서는.

개척행성들의 상공에 몰려든 CDF 함대는 그들의 하늘에 새로운 별자리를 만들었다. 각 행성마다 전함이 100척 이상 투입되었는데, 자유를 요구하는 자들을 위협하여 굴복하게 하려는 일종의 심리전이었다.

그들은 굴복하지 않았다. 저항의 목소리를 높이면서, 할 테면 해보라고 개척연맹에 도전했다.

사태는 쉽게 해결될 것 같지 않았다. 교착 상태는 끝날 기미가 없었다. 행성들은 개척연맹과 개척방위군이 자신들의 하늘에서 물러나라고 요구했다. 개척연맹은 어림없는 소리라고 응수했다. 이제 인류 함대의 대부분이 과거에 그들이 지켜주던 행성들의 상공에 기약 없이 눌러앉았다.

11월 21일에 우주선 한 척이 지구 상공에 나타났다. 콘클라베 소속 종족의 화물선인 이 우주선은 거의 1년 전에 종적을 감췄던 후이사툰 호였다. 하지만 곧 후이사툰 호는 더 이상 혼자가 아니었다. 콘클라베 소속 우주선이 또 한 척, 또 한 척, 차례로 나타났다. 최근 역사에 정통한 자라면 이렇듯 시간차를 둔 등장이 의도적인 연출임을 알 것이다. 작고한 타르셈 가우 장군이 콘클라베의 수장일 때였다면 불법적인 개척행성 상공에 이런 식으로 대규모 함대를 보냈을 것이기 때문이다. 그리고 콘클라베는 그 행성에게 스스로 철수하거나 파괴당하거나 둘 중 선택하라고 했을 것이다.

지구에게는 그런 선택지가 없었다. 가우 장군의 함대를 흉내내는 이 함대는 마지막 우주선까지 도착하면 밑에서 지켜보는 자들에게 그 엄청난 규모를 과시한 다음, 핵무기로 지상의 관객들을 쓸어버릴 터였다.

한마디로 타이밍이 관건이라는 뜻이었다.

지구 주위 궤도에 자리 잡은 개척연맹 위성들은 후이사툰 호가 지구 상공에 나타나자마자 그 정보를 지구와 달의 라그랑주 포인트 L4에 대기 중이던 특별한 무인 도약기들에게 광속으로 전송했다. 이들 도약기에는 우주 공간의 중력 제로 지점에서 작동하도록 설계된 프로토타입 도약 추진기가 탑재되어 있었다.

무인 도약기 3대는 곧바로 도약했다. 그중 하나는 금속 파편의 소나기 형태로 목적지에 도달했다. 나머지 둘은 멀쩡히 도착했다.

그리고 하프테 소르발 수상의 고향인 랄라 행성이 속한 태양계 외곽에는 두 함대가 공격에 앞서 최종 준비를 하고 있었다.

첫 번째 함대는 규모가 작았다. 브낙 오이가 각별히 신경 써서 고른 콘클라베 전함 10척이었다. 두 번째 함대는 훨씬 규모가 컸다. 개척방위군 전함 200척이 오래전부터 전투를 기다리고 있었다.

그 무렵 지구로 집결한 우주선은 최종적으로 108척이었는데, 개척연맹이나 콘클라베가 추산한 수보다 아주 조금 많았다. 맨 먼저 그들이 할 일은 지구의 위성 네트워크를 마비시키는 것이었다. 이 작업은 몇 분 걸릴 터였다.

위성들은 지구 상공을 뒤덮은 우주선 하나하나의 위치 정보를 대기 중인 무인 도약기들에게 전송했다. 그중 셋이 곧바로 도약했다. 이번에는 모두 멀쩡히 도착했다.

CDF 전함들 안에서는 1차 표적, 2차 표적, 3차 표적의 목록을 수신하기 시작했다. 정보 전송과 확인 절차는 평균 10초가 걸렸다.

그로부터 20초 뒤, 모든 CDF 전함이 동시에 지구 근처 우주 공간으로 도약했다.

챈들러 호도 포함되어 있었다. 이 함대에서 공격할 표적이 없는 우주선은 챈들러 호뿐이었다. 참관이 목적이었기 때문이다. 선내에는 오드 아붐웨, 이건 대령과 리그니 대령, 콘클라베의 브낙 오이, 그리고 내가 타고 있었다.

네바 발라 선장의 선교에서 우리가 지켜보는 가운데, 1차 표적으로부터 1킬로미터 이내에 나타난 개척방위군 전함들이 입자 광선포를 비롯해 비교적 덜 파괴적인 무기로 적들의 엔진과 운항 장치, 무기 시스템을 자로 잰 듯 정밀 타격하기 시작했다.

"교신 상황을 스피커로 틀어줘."

아붐웨가 발라에게 말하자, 그녀는 고개를 끄덕이고 지시에 따랐다.

공격 성공을 보고하는 CDF 전함들의 교신 소리가 불협화음처럼 어지럽게 들려왔다. 채 2분도 안 돼서 이퀄리브리엄 함대 전체가 가동 불능 상태가 되었다.

하지만 파괴되지는 않았다.

아붐웨가 레이프 다킨에게 물었다.

"준비됐죠?"

다킨이 대답했다.

"물론입니다."

아붐웨가 빙그레 웃었다.

"그럼 시작해요."

"지구를 공격하는 우주선 조종사 여러분."

가동 불능 상태가 된 모든 우주선으로 다킨의 음성이 방송되었다. 우리가 가진 정보를 바탕으로 모든 우주선 조종사의 신원과 종족을 추측해 다킨의 이야기가 자동으로 그들 각자의 언어로 통역되게 설정해놓았다. 추측이 틀렸을 경우에는 그들 우주선에 통역 장치가 있길 기대했다.

"제 이름은 레이프 다킨입니다. 챈들러 호의 조종사죠. 저도 여러분과 같은 처지입니다. 얼마 전 제가 탔던 우주선이 이퀼리브리엄이라 불리는 집단의 공격을 받고 납치되었습니다. 이퀼리브리엄은 선원들을 모두 죽이고 조종사인 저만 살려두었습니다. 그들은 제 몸뚱이를 빼앗고 강제로 저 혼자 이 우주선을 조종하게 했습니다. 여러분처럼 말입니다.

우리는 여러분이 억지로 이 공격에 투입되었다는 사실을 압니다. 끔찍한 거래를 제안받고 이 음모에 가담했다는 것을 압니다. 거부하면 죽음, 수락하면 몸을 돌려주겠다고 했겠죠. 여러분은 이퀼리브리엄이 여러분의 몸을 돌려줄 생각이 전혀 없다는 점을 알아야 합니다. 그들에게 여러분은 버려도 되는 물건입니다. 줄곧 그래왔습니다. 이 공격이 끝나면 이퀼리브리엄은 자신들의 목적을 이루고 익명성을 지키기 위해 여러분을 죽이고 여러분의 우주선을 파괴할 것입니다.

여러분은 이번 임무의 의미를 정확히 알지 못했을지도 모릅니다. 이 행성, 지구라는 이 행성을 핵무기로 공격하는 것입니다. 그 무기는 저 아래 모든 생명을 죽일 테고, 그 후로도 오랫동안 후유증을 남겨 생명체가 살 수 없는 행성으로 만들 것입니다. 지구가 고향인 우리 인간들로는 결코 용납할 수 없는 만행입니다. 그래서 방금 여러분의 임무 수행을 저지한 겁니다.

우리는 여러분의 우주선을 공격했습니다. 얼마든지 손쉽게 파괴하고 여러분을 죽일 수 있었습니다. 하지만 그러지 않기로 했습니다. 여러분의 우주선을 파괴하지 않았고, 여러분을 죽이지 않았습니다. 왜냐하면 여러분에게 선택권이 없었다는 걸 알기 때문입니다. 저도 같은 처지일 때 선택의 여지가 없었기 때문에 아는 겁니다.

이제 선택의 기회를 주겠습니다. 바로 이겁니다. 당장 여러분의 우주선을 포기하세요. 그러면 우리가 보살펴주고, 지켜주고, 멀쩡히 살아서 콘클라베로 돌아가게 해드릴 겁니다. 여러분 모두가 각자의 집으로 돌아가 가족을 만나고, 새로운 몸을 받아다시 살아갈 수 있게 하려는 것입니다.

여러분 중 일부는 어떻게든 임무를 완수하려고 벌써 선내 시스템을 수리하고 있을지도 모릅니다. 그렇다면 우리는 여러분을 저지해야 할 겁니다. 그러기 위해 여러분을 죽여야 할 수도 있습니다. 여러분이 가진 무기에는 너무나 많은 죽음이 실려 있습니다. 우리는 그중 하나라도 발사하게 내버려둘 수 없습니다.

저는 여러분과 같습니다. 지금도 그렇습니다. 제가 아직도 이대로인 이유는 이런 순간을 기다렸기 때문입니다. 그러니 알아야 합니다. 진심으로 알아야 합니다. 혼자가 아니며, 선택권이 있다는 것. 살기 위해 죽이지 않아도 된다는 것을 말입니다. 여러분은 다시 삶을 되찾을 수 있으며, 여러분이 할 일은 여러분을 노예로 만든 집단이 죽이라고 한 무고한 사람들을 살려주는 것뿐입니다.

저는 레이프 다킨입니다. 저는 여러분과 같습니다. 저는 살아 있고, 어느 누구의 노예도 아닙니다. 저는 항복을 권하러 이곳에 왔습니다. 항복하고 삶을 찾으세요. 항복하고 다른 이들을 살게 해주세요. 이제 여러분의 결정을 알려주시기 바랍니다."

우리는 기다렸다.

1분이 다 되도록 스피커에서는 무거운 침묵만 흘렀다.

잠시 후.

"나는 프레너 릴 호의 조종사 추글리 아고다. 당신에게 항복한다, 레이프 다킨."

"아이 아이 노. 춘다우트 호의 조종사. 항복한다."

"루츠툰 호의 로피니가누이 아순데르와나온이다. 어이, 인간.

이 망할 것에서 나 좀 꺼내줘."

"나는 툰더 스펜이다. 후이사툰 호의 조종사다. 내 가족이 보고 싶다. 집에 가고 싶다."

레이프가 내 도움을 받아서 쓴 글이었다. 그냥 뭐 그렇다는 소리다.

조종사 104명이 항복 의사를 밝혔다. 두 명은 우리에게 공격당한 후 스스로 선내 시스템을 망가뜨려 레이프의 메시지를 받기도 전에 자살했는데, 내 짐작으로는 우리에게 나포될 때 벌어질 일이 두려웠거나 그렇게 됐을 경우 이퀼리브리엄이 무슨 짓을 할지 몰라 겁먹었기 때문인 듯싶다. 한 조종사는 정신분열적 발작으로 볼 수밖에 없는 상태가 되어 항복은커녕 그 어떤 반응도 하지 못했다. 우리는 그가 자신이나 남에게 해를 끼치기 전에 그의 우주선 제어 능력을 차단했다.

마지막 한 명은 항복을 거부하고 자신의 무기 시스템을 수리해 핵미사일을 발사하려 했다. 미사일이 발사관을 빠져나오기 전에 그의 우주선은 파괴되었다.

항복 의사를 밝히는 답신이 흘러나오는 동안 오이가 아붐웨에게 말했다.

"대사님께서 훌륭한 일을 하셨군요. 콘클라베의 조종사 수십 명이 대사님 덕분에 목숨을 건졌습니다. 다들 잊지 않을 겁니다. 영리한 작전이었습니다."

아붐웨가 나를 가리키며 대답했다.

"중위의 아이디어였습니다."

"그렇다면 영리한 분은 중위였군요."

내가 말했다.

"고맙습니다. 물론 영리하다는 소리 들으려고 그런 건 아닙니다."

오이는 촉수를 밑으로 내려 감사의 뜻을 표했다.

조종사들이 항복하는 동안, 세드나에 있는 이퀄리브리엄 기지를 공격한 콘클라베 함대의 첫 소식이 들어왔다. 콘클라베는 거기서 발견한 이퀄리브리엄 일당을 쓸어버리지 않기로 했다. 대신 기지의 생명유지 장치와 통신 시설을 망가뜨리고, 모든 우주선과 운송 수단을 파괴해 아무도 기지를 벗어나지 못하게 했다.

그런 다음 함대 사령관이 기지 안에 있는 자들에게 선택권을 줬다. 항복하든가, 아니면 서서히 얼어 죽든가.

대부분 얼어 죽지 않는 쪽을 택했다.

그 후 몇 주 몇 달에 걸쳐 이퀄리브리엄의 전모가 드러나고 가담자들의 명단이 공개되었으며, 그들은 콘클라베나 개척연맹, 지구를 대혼란에 빠트릴 능력을 완전히 상실했다. 사실 이퀄리브리엄 같은 집단이 위협적인 존재가 될 수 있었다는 건 믿기 어려운 일이었다. 하지만 개척연맹과 콘클라베와 지구가 서로를 그토록 적대시하지 않았다면 그런 집단은 결코 탄생하지 않았을 것이다.

"우린 재미있는 시대에 살고 있어요."

대니얼 로언이 내게 말했다. 그녀와 나는 워싱턴 시의 토머스 제퍼슨 기념관에 있었다. 우리를 따라온 하트 슈미트는 이번이 생애 첫 지구 여행이었다. 적어도 지상에 내려온 건 처음이었다. 그는 난생처음 해외 관광에 나선 관광객처럼 굴기로 작정했는지, 제퍼슨 조각상 주위를 몇 번이고 돌면서 모든 각도에서 사진을 찍어대느라 바빴다. 3월 하순이라 곳곳에서 벚꽃이 피어나고 있었다.

내가 로언에게 대꾸했다.

"그건 일종의 악담입니다. 중국 속담에서 비롯된 말이라고들 하죠."

"지어낸 소리예요. 그런 한심한 중국 속담은 없어요."

나는 빙그레 웃었다.

"그건 그렇고, 아붐웨 여사께서 안부를 전해달랍니다."

오드 아붐웨는 최근에 외교관직에서 물러나 새로운 일을 맡게 되었다. 이제 그녀는 개척연맹과 개척행성들이 함께 만들고 있는 새로운 체제의 총책임자였다.

대니얼이 물었다.

"개혁 작업은 어떻게 되어가고 있나요?"

"지난번에 만나서 물어보니, 그 일로 엄청 골머리를 앓고 있

234

지만 달리 도리가 없다더군요. 아이러니하게도 그녀와 당신과 소르발이 맺은 거래 때문에 개척연맹은 어쩔 수 없이 그녀가 반란 행성들과 맺은 거래를 받아들여야 했습니다. 지구와 콘클라베의 합의를 기정사실로 받아들이느니 차라리 개척행성들과의 합의를 받아들이기로 한 거죠. 아마 그래서 아뉨웨가 개혁 논의의 책임자로 임명되었을 겁니다. 상부에서 그녀에게 벌을 내린 셈이죠."

"하지만 실은 그녀를 새로운 개척연맹의 어머니로 만든 셈이에요. 이번 일로 아뉨웨는 길이길이 기억될 거예요."

"성공한다면 그렇겠죠."

"다른 사람도 아니고 오드 아뉨웨예요, 해리. 그분의 능력이라면 성공하고도 남아요."

우리는 사진 찍기에 열을 올리는 하트를 지켜보았다.

대니얼이 내게 말했다.

"이제 보니 당신 여전히 초록색이 아니네요. 난 이 자연스러운 피부색이 당신의 여름 한철 패션인 줄 알았는데요."

"그동안 바빴거든요."

"바쁘기는 우리 모두 마찬가지였어요."

"좋아요. 솔직히 나도 이 특별한 피부색이 그리웠습니다."

"뭔가 의미심장한 발언 같은데요. 무의식적으로 혹은 의식적으로 말이에요."

"그건 아닐 겁니다."

"아하."

"알았어요. 어쩌면 제대를 고려하는지도 모르죠."

"초인적인 육체를 포기하고 버젓한 보통 사람처럼 나이 들며 살게요?"

"그럴 수도 있죠. 그냥 막연한 생각일 뿐입니다."

"딴 건 몰라도, 개척연맹이 당신 덕을 보지 않았다고는 말할 수 없을 거예요, 해리."

"네, 맞는 말입니다."

"만약 제대하면 어디로 갈 거예요? 뭘 할 생각이에요?"

"아직 거기까지는 생각해보지 않았습니다."

"내 참모 자리가 하나 비어 있어요."

"당신 밑에서 일하기는 싫습니다, 대니."

"난 진짜 좋은 상사예요. 내 말에 토 다는 부하는 가차 없이 잘라버리거든요."

"구인 광고에 그 말 꼭 집어넣으세요."

"이미 그러고 있답니다."

나는 빙그레 웃었다. 지금 하트는 기념비에 새겨진 독립 선언문을 찍고 있었다.

잠시 후 대니얼이 말했다.

"진심이에요, 해리. 지구로 돌아와요."

"왜요?"

"이유는 말 안 해도 알잖아요. 이제 얼마든지 그럴 수도 있고요."

"그럴 겁니다. 어쩌면."

"어쩌면이라."

"재촉하지 말아요. 생각해볼 문제가 많으니까."

"알았어요. 너무 오래 고민하지만 말아요."

"그러죠."

나는 그녀의 손을 잡았다. 대니얼이 같은 말을 되풀이했다.

"우린 재미있는 시대에 살고 있어요. 이건 악담으로 하는 말이 아니에요. 난 재미있는 게 좋아요. 적어도 지금은 그래요."

"동감입니다."

대니얼이 내 손을 꼭 쥐었다.

하트가 우리 쪽으로 다가오며 소리쳤다.

"여기 굉장해!"

내가 대꾸했다.

"맘에 든다니 다행이로군."

"정말이라니까."

하트는 들뜬 표정으로 우리 두 사람을 보며 물었다.

"자, 다음은 뭐지?"

또 다른 '마음의 생애,' 편집되고 바뀐 장면들 ──

THE END OF ALL THINGS

머리말

《모든 것의 종말》은 지금껏 내가 쓴 대부분의 책들보다 시간이 오래 걸렸는데, 도입부를 여러 번 바꾼 것도 그 이유 중 하나다. 물론 그렇게 버려진 도입부들도 내 생각에는 썩 나쁘지 않았고, 이 책에 가장 적합한 요소들을 결정하는 데 도움이 되었다. 예컨대 어느 인물의 관점으로 이야기를 전개할지, 일인칭 시점이 좋을지 삼인칭 시점이 좋을지 등등. 하지만 일껏 잔뜩 써놓고 나서 '그래, 이건 아냐'라고 하는 건 짜증나는 일이기도 하다. 어쩔 수 없다.

다양한 방식으로 도입부를 쓰고 또 쓰다 보니 그렇게 써놓기만 한 글이 40,000 단어에 이르렀다. 거의 단편소설 한 편 분량이다! 개중에는 다른 방향으로 고쳐 쓴 것도 있고, 나머지는 대부분 그냥 치워두었다. 하지만 책에 넣지 않은 글을 바로 지워버리지는 않는다. '습작 파일'에 넣고 나중에 혹시 써먹을 경우에 대비해 보관해둔다.

이 글이 그런 경우다. 습작 파일에서 이런저런 조각 글을 모아《모든 것의 종말》의 첫 이야기인 〈마음의 생애〉의 파트 1을 조금 변형해서 써보았다. 이 글은 (대체로) 같은 사건과 인물들을 다루지만, 서사의 방향은 많이 다르다.

평행우주 속에 존재하는 또 다른 나는 이 글을 가지고 작업을 진행했고,《모든 것의 종말》은 상당히 다른 책으로 출간되었다. 그것도 나쁘지 않을 것이다. 나는 그 존 스칼지가 쓴《모든 것의 종말》을 보고 싶다.

주의할 점: 이 글은 정본이 아니며, 실질적인 정본의 스포일러가 조금 담겨 있다. 물론 〈마음의 생애〉의 정본을 읽지 않아도 이 글을 읽을(즐길) 수는 있지만, 이왕이면 둘 다 읽고 비교 대조해보길 권한다.

그리고 이 글에는 명쾌한 결말이 없다. 영영 해결되지 않을 문제다. 이 점은 미안하다.

재미있게 읽으시길!

- JS

PART ONE

로버트 앤톤 호가 인혜 항성계의 외딴 소행성 근처로 도약해 왔다. 이 소행성은 불과 얼마 전까지 르레이 종족의 우주 기지 겸 선박 수리 시설로 사용되어왔는데, 일련의 정치군사적 패퇴 이후 르레이는 상당히 많은 행성들과 더불어 이곳을 공식적으로 포기했다. 결국 그들은 자신의 핵심 행성들이 있는 항성계로 물러났다. 하지만 '공식적인 포기'가 이 기지의 실질적인 폐기를 뜻하지는 않았다.

로버트 앤톤 호의 선장이자 조종사인 지오바니 카란자가 기지로 송신했다.

통제. 여기는 로버트 앤톤 호. 도킹 지원을 요청합니다.

기계로 변조한 통제의 표준 음성이 들렸다.

"알았다, 로버트 앤톤 호. 거리가 조금 멀다. 기지로 더 다가 올 수 있겠나?”

안 됩니다. 엔진이 고장 났습니다. 미세 기동 제트 분사기도 고장 났습니다. 둘 다 도약하기 전에 망가졌습니다.

“도약 지점까지는 어떻게 왔나?”

관성을 이용했습니다. 완전히 멈추기 전까지 엔진을 가동하고 나서 연결을 끊었습니다. 도약 추진에 필요한 에너지만 남겨놨죠. 덕분에 도약 지점까지 아주 오래 걸렸습니다.

“알겠다. 그 밖에 다른 상태를 보고하기 바란다.”

앤톤 호는 심각하게 손상됐습니다. 선체가 파손되었고, 무기 시스템은 부분적으로 망가졌습니다. 통신 장치는 작동하지만, 외부 센서는 죽었습니다. 타이밍만으로 도약해 온 겁니다. 선내에 저 말고 다른 자가 있었다면 오래전에 죽었을 겁니다. 만신창이 상태입니다.

“임무를 완수했나?”

잠시 머뭇거리던 카란자가 이내 대답했다.

네. 완수했습니다. 깔끔하지는 않지만 어쨌든 성공했습니다.

“너의 우주선을 도킹시키려면 시간이 좀 걸린다. 그 전에 먼저 너의 임무 수행 평가를 시작해야겠다. 손상 보고서와 함께 임무 일지와 기록을 전송하기 바란다.”

보냈습니다.

“고맙다.”

앤톤 호는 공격을 받았습니다. 현재로서는 수리가 어렵다고 판단됩니다.

"지금 손상 보고서를 보고 있다. 너의 판단이 맞는 것 같다."

그럼 저는 어떻게 되는 겁니까?

"당장은 그걸 걱정할 필요 없다."

이번 임무를 완수하면 저를 풀어주기로 약속했잖습니까.

"우리의 거래는 잊지 않았다."

앤톤 호의 상태는 그 약속과는 무관합니다.

"우리는 너에게 임무 완수를 요구했다. 너는 우리가 시킨 일을 해냈다."

당신들이 우주선을 구하기가 점점 더 어렵다는 건 잘 압니다. 조종사를 구하는 것도 말이죠.

이 말에 통제는 대꾸하지 않았다.

어쨌든 제 몸을 돌려주십시오. 집에 가고 싶습니다.

"걱정 마라. 곧 처리될 것이다."

고맙습니다.

카란자는 그 말을 하자마자 죽었다. 통제가 신호를 보내 카란자의 뇌에 신경독이 퍼지게 한 것이다. 효과는 즉시 나타났다. 카란자는 소원이 이뤄졌다는 안도감을 느끼자마자 곧 아무것도 느끼지 못했다.

통제의 음성을 담당하고 있던 자는 카란자의 뇌가 되살아날 기미가 전혀 없다는 신호가 올 때까지 기다렸다. 이윽고 그는 앤톤 호를 끌어와 도킹시키라고 지시한 다음, 폐기되기 전에 선내에서 쓸 만한 것을 꺼내라고 명령했다.

카란자가 말한 대로 요즘은 우주선을 구하기가 점점 더 어렵지만, 앤톤 호는 이제 쓸모가 없어졌다. 카란자도 마찬가지였다. 조종사도 구하기 어렵기는 마찬가지지만, 그들은 자유를 얻게 될 거라고 믿는 동안만 쓸모가 있었다. 오늘 이후로 카란자는 그걸 믿을 리 없었다.

물론 아까웠다.

하지만 다행히도 대체할 조종사가 오고 있었다.

"반역적 사고의 시대가 도래했습니다."

연단 위에서 오타 더럼이 말했다.

국무성 강당 안에 모인 개척연맹 외교관들은 즐거운 표정으로 수군거렸다. 그들 중 한 명에게 메달을 수여하기 위한 이날 모임에서 국무성 차관 더럼은 동료 외교관들을 바라보며 빙그레 웃었다.

"지금 여러분이 무슨 생각을 하는지 압니다."

그는 청중 가운데 따분해하고 있을 외교관들을 흉내 냈다.

"이런 젠장, 또 더럼이잖아. 별것도 아닌 생각을 무슨 대단한 이야기인 양 떠벌리는 허풍쟁이."

청중이 웃음을 터뜨리자 그가 다시 씩 웃었다. 그리고 애정 어린 비난을 인정한다는 듯 두 손을 쳐들고 말을 이었다.

"맞습니다, 맞고요. 제가 이 바닥에서 과장된 발언으로 유명하다는 건 비밀도 아닙니다. 하지만 이제부터 잠시 집중해주시기 바랍니다."

더럼은 사뭇 진지하게 청중을 바라보았다.

"지난 수십 년, 아니 수세기 동안, 개척연맹은 이 우주에서 인류를 안전하게 지키는 수호자 노릇을 해왔습니다. 과거뿐만 아니라 지금도 여전히 인류의 존재를 못마땅하게 여기는 우주에서 말입니다. 우리가 이 우주에서 인류의 존재를 알린 이후로 줄곧, 다른 외계 종족들과 다른 세력들은 우리를 제거하려고, 우리를 말살하려고 호시탐탐 기회를 노려왔습니다. 하지만 우리는 분명히 알고 있습니다. 인류가 결코 호락호락 물러서지 않는다는 것을.

그래서 우리는 싸워왔습니다. 이 우주에서 살아갈 자리를 차지하고 유지하기 위에 인류는 싸워왔습니다. 개척연맹과 개척방위군은 우리 종족을 위해 수세기 동안 그 싸움을 이어왔습니다."

더럼은 지난 수세기 동안 거의 끊임없이 벌어진 전쟁을 인정하듯 어깨를 으쓱했다.

"틀림없는 사실입니다. 하지만 그 와중에 개척연맹 외교단은 어디 있었습니까? 우리는 개척방위군과 함께 줄곧 존재해왔지만, 늘 뒤처진 낙오자쯤으로 여겨졌습니다. 인류가 맞닥뜨리는 외계 종족들과의 외교가 쓸데없는 짓이라는 눈총을 넘어 아예 반역적 사고에 가깝다는 인식이 팽배해 있었기 때문입니다.

툭하면 외계 종족들이 나타나 우리를 공격하고, 개척민을 죽이고, 이미 인류의 땅임을 선포한 행성들을 차지하려드는 마당에, 과연 누가 외교의 가치를 진지하게 생각할 수 있겠습니까? 이런 관점에서 과연 외교를 인류에 대한 직무 유기로 보지 않을 수 있겠습니까? 반역이 아니고 무엇이라 할 수 있겠습니까?"

더럼 앞에 모여 있는 외교관들은 이제 쥐 죽은 듯 조용해졌다.

"외교는 반역입니다. 주먹이 아니라 손을 내미는 행위는 반역입니다. 서로 다른 세상에서 다른 방식으로 다른 환경을 통해 진화한 지능 있는 종족들이 공통의 기반을 마련할 수 있다는 생각은 반역입니다. 만약 이 모든 것을 근본적으로 인류에 대한 배신으로 여긴다면, 결국 우리가 할 일은 하나뿐입니다. 전쟁. 싸움. 한쪽 또는 양쪽 모두를 파멸로 이끄는 사투."

여기서 더럼이 빙그레 웃었다.

"하지만 그게 다가 아니죠."

그는 자신의 말을 경청하는 외교관들을 가리키고 덧붙였다.

"우리는 외교의 가치를 압니다. 늘 그래왔습니다. 인류를 위한 개척방위군의 전투는 종종 불가피하며 때로는 필연적입니다. 하지만 주먹이 아니라 손을 내미는 것도 종종 불가피한 일입니다.

그리고 이제는 필연적인 일이 되었습니다. 개척연맹은 지금껏 오랫동안—너무 오랫동안—개척방위군이 전투를 벌이고 우리의 뜻을 관철하는 데 필요한 병력의 공급원으로서 지구를 이용했습니다. 하지만 더 이상은 그럴 수가 없습니다. 존 페리 대령이 콘클라베 교역 대표단을 이끌고 지구 상공에 나타나면서 우리와 지구의 관계는 얼어붙었습니다. 그리고 지구인들이 우주로 나가는 유일한 발판이었던 지구 정거장이 파괴된 이후로는 완전히 단절되었습니다."

더럼은 청중 앞줄에 참모들과 함께 앉아 있는 오드 아붐웨 대사를 똑바로 보면서, 지구 정거장이 파괴될 당시 그녀가 거기 있었다는 점을 상기시키듯 고개를 끄덕였다. 아붐웨도 고개를 끄덕였다.

더럼이 계속 이야기했다.

"지구는 개척연맹이 지구 정거장을 파괴했다고 비난합니다. 그게 오해건 아니건 간에, 예전 같은 관계로 되돌아갈 수는 없습니다. 이제 개척연맹은 개척행성들로부터, 그들의 주민으로부터 병력을 충원해야 합니다. 이 변화는 상당한 시간을 필요로 하며, 지금껏 평화롭던 개척연맹 세계에 이미 적지 않은 불안을 야기하고 있습니다.

이러한 시기에, 과거 반역적 사고로 인식되었던 외교가 개척연맹의 가장 중요한 도구로 변모했습니다. 동맹을 만들고 시간을 벌어, 무기 대신 논리로 이 우주에서 인류의 안전을 확보하는 도구 말입니다. 이제 외교는 개척연맹만이 아니라 나아가 인류의 존재를 보장하는 가장 중요한 자원입니다. 과거에 반역이었던 외교가 이제 보물이 된 것입니다."

더럼은 명랑한 말투로 덧붙였다.

"그런 점에서 우리는 분명 오드 아붐웨 대사를 주목해야 합니다."

강당에 모인 외교관들 사이에서 다시 웃음이 흘러나왔다. 더럼은 아붐웨에게 자리에서 일어나 연단으로 올라오라고 손짓했다. 그녀가 연단으로 올라와 더럼 옆에 서자, 더럼의 보좌관 리네아 탐이 나무 상자를 손에 들고 강대로 다가왔다.

더럼이 아붐웨 쪽으로 돌아서서 말했다.

"아붐웨 대사. 지난 일 년 동안 자네와 자네의 외교단은 수많은 외교 분쟁의 폭풍 한복판으로 뛰어들었네. 승리할 수 있을 때는 승리했고, 승리할 수 없을 때는 적어도 개척연맹의 가장 짙은 먹구름 사이에서 작은 희망을 찾아냈지. 우리는 자네와 자네의 참모들에게 많은 것을 요구했지만, 자네들은 한 번도 우리를 실망시키지 않았어. 매번 탁월한 결단력과 임기응변으로 우리를 놀라게 했지. 또한 지구 정거장이 파괴될 때 자네 외교단의 일원이 미국 국무장관의 딸을 구한 일도 결코 작은 공로가 아니야."

또다시 청중 사이에서 웃음의 물결이 번졌다.

"자네 외교단의 진취성은 단장의 힘이라네. 자네의 리더십이 그들에게, 그리고 우리 모두에게 본보기가 되어준 것이지. 이 험난한 시기에 개척연맹은 자네와 자네 외교단에게 큰 빚을 졌어."

더럼이 보좌관에게 고개를 끄덕이자, 그녀는 나무 상자를 열어 액자에 담긴 상장과 메달을 보여주었다.

"개척연맹 국무성과 국무장관을 대신하여 내가 자네의 비범하고 탁월한 공로를 치하하고자 이 특별 명예 훈장을 수여하는 것을 더없는 기쁨으로 생각하네."

더럼이 리본 달린 메달을 상자에서 꺼내 아붐웨의 목에 걸어주었다. 외교관들이 일제히 박수갈채를 보냈고, 아붐웨의 참모들은 자리에서 일어나 환호했다. 좀처럼 웃는 법이 없는 아붐웨가 오늘은 모두에게 미소를 지었다.

더럼이 한 손을 들어 좌중을 진정시키고 아붐웨에게 말했다.

"개인적으로 한마디 하자면, 나는 자네가 처음 국무성에 왔을 때부터 자네를 알았어. 당시 자네는 수습이었고 나는 첫 임지로 발령받은 몸이었지. 그게 그러니까……."

그는 일부러 중얼중얼 햇수를 세는 시늉을 했다.

"수년 전이었어. 당시에도 자네는 영리하고, 통찰력이 있고, 진취적이고, 진지한 사람이었다네. 앞의 세 가지는 나무랄 일이 결코 아니지. 하지만 나는 지금도 자네가 이따금 필요 이상으로 진지하다고 생각해."

그가 다시 탐에게 고개를 끄덕이자, 그녀는 메달 상자를 내려놓고 자신의 정장 윗도리 호주머니에서 작은 물건 하나를 꺼내 더럼에게 주었다.

"그래서 특별 명예 훈장과 더불어 개인적인 존경의 표시로 이걸 자네에게 주고 싶네."

더럼이 그 물건을 아붐웨에게 주었다. 우스꽝스럽게 생긴 고무 인형이었다.

아붐웨가 말했다.

"이걸 어쩌라는 거죠?"

"꽉 쥐어봐."

아붐웨는 시킨 대로 했다. 그러자 인형 눈알이 튀어나오면서 낄낄거리는 웃음소리가 흘러나왔다. 외교관들이 폭소를 터뜨렸다.

"감사합니다, 차관님. 무슨 말씀을 드려야 좋을지 모르겠네요."

더럼이 대꾸했다.

"모르긴 왜 몰라. 정확히 알고 있으면서. 너무 외교적이라 차마 말하지 못할 뿐이지."

시상식이 끝나고 열린 피로연에 참석한 더럼은 한 시간쯤 머물며 아붐웨의 외교단과 인사를 나누었다. 특히 폭발하는 지구 정거장에서 탈출한 두 명인 하트 슈미트와 해리 윌슨을 눈여겨보았다.

"다시 떠올리고 싶지 않은 기억이겠군."

더럼이 하트 슈미트에게 말했다. 방금 더럼은 슈미트를 소개받았고 그의 친구까지 소개받았는데, 인사를 주고받자마자 그 이름이 머릿속에서 증발해버렸다.

"사실 저는 거의 졸도한 상태였습니다."

슈미트가 고갯짓으로 윌슨을 가리키고 덧붙였다.

"해리라면 그 기분이 어땠는지 말씀드릴 수 있을 겁니다."

그러자 더럼이 윌슨에게 고개를 돌리고 물었다.

"어떤 기분이었나?"

윌슨이 대답했다.

"죽도록 무서웠습니다."

모두가 웃음을 터뜨렸다. 윌슨이 말을 이었다.

"물론 지구 대기권을 살아서 통과하는 데 정신이 팔려서 무서울 겨를도 없었죠. 그것도 무섭기는 마찬가지였지만요."

"그랬겠지. 자네가 지구 정거장에서 지구로 스카이다이빙을 했나?"

"네, 차관님."

"그렇다면 미국 국무장관의 딸을 구한 사람이 자네란 뜻이로군."

"대니얼 로언 말씀이군요. 맞습니다. 그녀도 외교관 신분이었죠."

"아, 물론 그렇지. 하지만 그녀가 국무장관의 딸이라는 사실 덕분에 지구의 여느 국가들과 달리 미국이 우리와 계속 대화하는 거라네. 그러니 자네한테 감사해야지."

"할 일을 했을 뿐입니다."

"자네한테도 메달을 줬어야 하는데."

"주셨습니다. 개척방위군에서 주더군요. 저도 메달 받았습니다."

"잘됐어. 거기에 더해서 이제 내가 자네한테 술 한잔 사야겠
군."

월슨은 빙그레 웃었다.

"여기서 일하길 정말 잘했네요."

잠시 후 더럼은 모두에게 양해를 구하고 연회장을 벗어나 자
신의 보좌관 리네아 탐을 만났고, 국무성 직원이 카트에 담아
밀어다준 짐도 찾았다.

탐이 카트를 보고 말했다.

"이렇게 옷이 많이 필요하진 않을 텐데요. 지금 휴가 가시는
거지 이사 가시는 게 아닙니다."

더럼이 대꾸했다.

"3주짜리 휴가야. 그 시간을 빨래나 하며 보내긴 싫어."

"차관님은 대사관에서 지내실 겁니다. 빨래는 거기 직원이
해줄 테고요."

"다음부터는 갈아입을 옷 하나만 배낭에 넣어 가지. 하지만
챈들러 호의 셔틀이 45분 후면 떠나니 오늘은 이대로 가져갈
게."

탐이 빙그레 웃었다. 이윽고 세 사람은 챈들러 호의 셔틀 쪽
으로 갔다. 더럼은 셔틀 문 앞에서 보좌관에게 작별인사를 하
고 자리에 앉았다. 다른 승객은 맞은편에 앉아 있는 검은 머리
의 젊은 남자 한 명뿐이었다.

셔틀이 피닉스 정거장을 출발해 챈들러 호로 가는 동안 젊은이가 입을 열었다.

"오늘 연설 훌륭했습니다."

눈을 감은 채 쉬고 있던 더럼이 눈을 뜨고 상대의 얼굴을 유심히 살펴보았다.

"어째 낯이 익은데."

젊은이가 대꾸했다.

"아까 연회장에서 저를 소개받으셨죠. 물론 기억하실 거라 기대하지는 않습니다. 오늘 아주 많은 사람들과 악수하셨을 테니까요."

더럼이 물었다.

"댁도 외교단 소속이오?"

"아닙니다. 제 친구가 외교관이죠. 하트 슈미트."

"아붐웨의 참모 말이로군."

"네. 저랑 같은 학교를 나왔거든요. 실은 저보다 3년쯤 먼저 졸업했죠. 하지만 아버지들이 친구 사이라 저희도 친해졌습니다. 제가 피닉스 정거장에서 챈들러 호로 간다는 소식을 듣고 그 친구가 저를 시상식에 초대해준 겁니다. 거의 뒷줄에 앉아 있었죠. 저는 레이프 다킨입니다."

그가 몸을 앞으로 내밀고 악수를 청했다.

더럼은 악수에 응했다.

"그렇다면 챈들러 호의 승무원이신가 보군."

"네. 조종사입니다."

"나쁘지 않은 직업이오."

"감사합니다. 우주를 여행하며 이것저것 구경하죠. 차관님도 외교관이시니 마찬가지겠네요."

"전에는 그랬지만 지금은 아니오. 사무실에 처박혀 사는 관료니까. 요즘은 주로 책상에서 우주를 구경한다오."

"지금은 무슨 일로 나가시는 겁니까?"

"휴가라오. 허클베리 행성에 가서 친구들 만나고 등산도 할 겸 해서."

"그런데 왜 챈들러 호를 타시려는 거죠? 저희는 화물선입니다. 차관님이라면 그냥 외교선을 타셔도 될 텐데요."

더럼은 빙그레 웃으며 대답했다.

"휴가 가면서 정부 외교선을 이용하면 권력 남용이라고 눈총을 살 거요. 어차피 그쪽으로 가는 외교선도 없었소이다. 더구나 일반 화물선을 타면 민간 기업을 지원하는 셈도 되고. 국무장관도 그걸 장려한다오."

그는 다시 눈을 감았다. 그 의미를 상대가 눈치채기를 바랐다.

다킨은 아랑곳하지 않고 물었다.

"정말로 외교가 반역이라고 보십니까? 개척연맹이 그렇게 생각하는지 말입니다."

더럼은 눈을 감은 채 대답했다.

"극적인 효과를 위해 내가 과장한 면도 있을 거요. 하지만 개척연맹이 대화보다 싸움을 선호해온 것은 틀림없는 사실이오. 그 덕에 인류가 곤경에 처했고."

"우주선들이 사라지는 일에 대해 아십니까?"

이 질문에 더럼이 다시 눈을 뜨고 중얼거렸다.

"우주선 실종이라."

"지난 몇 년간 민간 우주선 실종 사건이 점점 늘었습니다. 주로 화물선이죠. 챈들러 호 같은 우주선 말입니다."

"해적 행위는 늘 있어왔지. 그것도 개척방위군이 창설된 이유 중 하나요. 우리를 죽이려드는 지능 있는 외계 종족들을 상대하는 것과 더불어 말이오."

"그렇긴 하지만, 해적들은 대개 화물을 노립니다. 우주선을 납치하지는 않아요."

"왜 그런다고 생각하시오? 어떤 소문이 돌고 있소?"

다킨은 어깨를 으쓱했다.

"제 생각에는 개척연맹이 지구를 잃은 것과 관련이 있습니다. 다른 외계 종족들이 우리가 병력 충원에 어려움을 겪기 시작했다는 것을 눈치채고 개척연맹의 산업 기반을 약화시키기 위해 무역선들을 납치하는 겁니다."

"그 목적을 이루려면 한참 걸리겠군."

"아무리 작은 것도 무시할 수 없죠."

더럼이 물었다.

"겁나지 않소? 댁은 화물선 조종사니 말이오. 십중팔구 챈들러 호가 표적이 될 텐데."

다킨은 씩 웃었다.

"먹고는 살아야 하니까요."

"잠재적인 위험을 직시하는 매우 현실적인 가치관이로군."

"더구나 전에도 아슬아슬한 경험은 종종 했습니다. 우주선 고장이나 해적의 습격으로 이미 몇 차례 죽을 고비를 넘겼죠. 어쨌든 살아남았습니다."

"대단하시군. 어떻게 그런 일이 가능했다고 생각하시오?"

"모르겠습니다. 그냥 남들보다 운이 좋았기 때문일 수도 있죠."

이번에는 다킨이 눈을 감고 의자에 머리를 기댔다. 더럼도 그를 잠시 바라보다가 눈을 감았다.

피닉스 정거장을 떠나고 사흘 뒤, 허클베리 행성으로의 도약까지 하루도 채 남지 않았을 때, 더럼이 챈들러 호의 선장 일라이저 페레스에게 비밀 면담을 요청하자 곧바로 받아들여졌다.

지금 두 사람은 챈들러 호의 다른 모든 곳과 마찬가지로 비좁은 선장실에 앉아 있었다. 페레스가 물었다.

"무슨 일이십니까? 숙소에 대한 불만이시라면, 보시다시피 선장인 저도 사정은 마찬가지입니다."

"숙소는 아무 문제도 없소, 페레스 선장. 당신한테 솔직히 말할 게 있소. 내가 이 배에 승선한 진짜 목적은 따로 있소이다."

258

더럼은 손에 들고 있던 PDA를 켜서 페레스에게 건네며 덧붙였다.

"휴가차 허클베리에 간다고 밝히고 챈들러 호에 승선했지만, 실은 전혀 다른 곳으로 갈 예정이오."

페레스는 PDA를 받아 들고 화면에 나온 것을 보았다.

"이게 뭡니까?"

"내가 원하는 목적지로 데려가라는 국무성의 공식 요청서요. 당신이 그 PDA를 돌려주면 곧바로 목적지를 알려주겠소. 이 문서를 당신 PDA로 전송하지 않고 내 PDA를 통해 보여준 건 이 요청이 기밀이기 때문이오. 조금 어색한 방식이긴 하지만, 이렇게 해야 위조된 명령이 아니란 걸 알 테니까 말이오."

"'명령'이라고 하셨습니까? 그건 요청과는 상당히 다른데요."

"공식적으로는 당신이 거부할 수 있는 요청이오. 비공식적으로는 우리 모두 알다시피 거부할 수 없는 요청이지만."

"어디로 데려가 달라는 말씀입니까?"

"아무도 관심을 갖지 않는 항성계요. 비밀 회담을 하기에 적합한 장소지."

"누구와의 비밀 회담입니까?"

"그건 말해줄 수 없소."

"그럼 저도 제 우주선을 빌려드릴 수 없습니다."

"그건 현명한 처사가 아니오."

"일정을 어기고 챈들러 호를 '비밀 회담'이 열리는 장소로 보내는 것도 현명하지 못한 처사이긴 마찬가지입니다. 거기 가는 목적을 말씀해주시지 않으면 모셔다드리지 않을 겁니다."

"내가 말해주면?"

"그래도 모셔다드리지 않을 수도 있습니다. 제가 결정을 내려야 하니까요. 하지만 가능성은 있는 셈이죠. 따라서 차관님은 선택의 여지가 없습니다."

"콘클라베 대표단을 만날 거요. 비공식적으로 그들과의 동맹을 논의하기 위해서 말이오."

잠시 후 페레스가 입을 열었다.

"정말입니까? 그 집단을 이루는 400개 외계 종족들은 대부분 우리를 죽이려 했습니다. 그런 자들과 동맹을 맺으신다고요?"

더럼은 어깨를 으쓱했다.

"페레스 선장. 현재 개척연맹이 심각한 위기에 처했다는 건 굳이 내가 말하지 않아도 될 거요. 정체를 알 수 없는 자들이 우리 화물선을 납치하는 건 시작에 불과하오. 머지않아 그들이 우리 개척행성을 공격할 거요. 머지않아 개척연맹 자체를 공격할 거요. 우리는 속수무책인 상황이고, 시간이 갈수록 점점 더 그렇게 되고 있소. 그들은 우리가 약해질 때까지 기다렸다 공격하기만 하면 그만이란 말이오."

"콘클라베에 가입하면 그 문제가 해결된다는 말씀입니까?"

"가입이 아니오. 동맹이지. 양쪽 모두를 공격하는 자들에 대한 상호 방어 협약을 맺는 거요."

"과거에 개척연맹은 콘클라베를 파멸시키려 했습니다."

페레스는 더럼의 표정을 살피고 말을 이었다.

"네, 우리 모두 그 일을 알고 있습니다. 로아노크 사건 말입니다. 저는 화물선 선장입니다, 차관님. 개척연맹은 공식 채널로 뉴스가 흘러나가는 것을 얼마든지 차단할 수 있지만, 화물선들은 자체 통신망이 있습니다. 우리는 여행을 다니며 이야기를 주고받습니다. 그러니 다 알죠."

"그렇다면 이런 회담이 당분간 비밀에 부쳐져야 한다는 것도 알겠군. 만약 이번 회담이 성공하면 좀 더 공개적인 일을 진행할 수 있소. 만약 실패하면 그런 일은 영영 불가능할 거요. 그게 바로 내가 외교선 대신 챈들러 호를 타고 가야 하는 또 다른 이유이기도 하오."

"저희가 싣고 가는 화물도 문제입니다. 갈푸르트를 비롯해 썩기 쉬운 농산물이 대부분이거든요. 원래 갈푸르트가 익기 직전에 허클베리에 도착할 예정이었습니다. 단 며칠이라도 늦게 도착하면 판매할 수가 없죠. 보험을 들어놓긴 했지만, 늦게 도착한 이유를 밝히지 않으면 배상금이 나오지 않습니다."

"당연히 개척연맹 국무성이 당신 화물을 매입해줄 거요."

"전부 말입니까?"

"그렇소."

"문제는 화물만이 아닙니다. 유통업자들과의 관계도 끊어질 겁니다. 새로운 화물도 실어 와야 하니까요. 그것도 농산물입니다. 역시나 썩기 쉬운 것들이죠. 만약 예정된 날짜에 도착하지 않으면 화물을 잃게 되고, 유통업자들은 우리와의 거래를 중단할 겁니다.”

“국무성에서 그것도 전액 보상해줄 거요.”

“금액이 어마어마할 텐데요.”

더럼이 빙그레 웃었다.

“물론 그렇겠지. 사실 무역에서 오가는 돈은 개척연맹이 창출하는 거요. 따라서 당신이 기대하는 만큼의 보상을 해주는 건 문제되지 않소.”

페레스는 잠시 말이 없었다. 더럼이 물었다.

“더 필요한 건 없소? 나를 내려준 뒤에 챈들러 호를 닦고 광내주라고 지시해둘 수도 있는데.”

“저는 이번 일이 맘에 들지 않습니다.”

“그 심정은 이해하오. 이런 식으로 알려준 건 진심으로 미안하외다. 나도 명령에 따라야 하는 처지요. 하지만 이번 임무를 비밀에 부쳐야 하는 까닭은 선장도 이해할 거요.”

페레스가 물었다.

“성공할 거라고 보십니까? 이번 임무 말입니다.”

“성공하지 못하면 당신은 이번 여행으로 버는 돈을 전부 써버려야 할 거요. 그것도 최대한 빨리.”

흐릿하고 불안하게 의식을 되찾은 레이프 다킨이 처음 한 생각은 간단했다.

다리가 안 느껴져.

잠시 후 두 번째 생각이 머릿속에 떠올랐다.

아무것도 안 느껴져.

곧이어 다시 무의식 상태로 돌아간 레이프는 길이와 깊이를 헤아릴 수 없는 암흑 속으로 추락했다.

그는 꿈을 꾸고 있었다. 꿈을 꾸고 있다는 것을 의식했다. 자신은 가만히 서 있고 주위의 모든 것이 움직이고 있었기 때문이다.

처음에는 챈들러 호의 선교에 있었다. 6개월간의 운항 교육을 마치고 일 년 동안 기술자들 사이에서 생활한 뒤, 수습 조종사로서 맞이한 첫날이었다. 챈들러 호의 선임 조종사는 레이프를 떠맡게 된 것을 못마땅하게 여겼다. 레이프를 그녀에게 떠넘긴 자는 월든 선장이었다. 스키드모어 부선장은 레이프의 부모가 아들을 빨리 승진시켜달라고 월든에게 뇌물을 줬다고 생각했다. 실제로 레이프의 어머니가 그랬다. 지난번에 챈들러 호가 피닉스 정거장에 들어왔을 때 레이프는 아버지에게서 그 이야기를 들었다. 꿈속에서 레이프는 입술을 앙다문 스키드모어의 얼굴을 보았다. 그것 말고는 처음으로 증오를 드러내지 않는 자연스러운 태도였다.

꿈속에서 레이프의 반응은 현실에서와 다를 바 없었다. 겉으로는 짐짓 공손하게 굴고 열심히 따랐지만, 속으로는 전혀 걱정하지 않았다. 스키드모어가 싫어하건 말건 간에 이미 그는 조종사가 되기로 결정돼 있었기 때문이다. 스키드모어는 레이프를 싫어했다. 결국 얼마 후에 챈들러 호를 떠났다. 이로 인해 레이프는 예정대로 부조종사로 승격했는데, 물론 일반적인 경우보다 훨씬 빠른 승진이었다.

눈 깜짝할 사이에 이번에는 탕기아호파 홀 초등학교 교장실에서 어머니나 아버지가 오길 기다리고 있었다. 오늘은 6학년 학생의 머리를 후려친 일 때문이었다. 전에도 부모님 호출은 종종 있었는데, 새벽 3시에 식당으로 몰래 들어가 청소용 카트를 훔쳐 복도를 질주한 일이나, 다른 학생들의 성적을 바꿔치기 해주겠다고 돈을 받은 일 때문이었다(결국 약속을 지키지 않아서 그의 고객 중 하나가 불만을 품고 일러바쳤다). 레이프는 아버지가 이런 위법 행위를 무마해주는 거라고 생각했다. 어머니는 결코 그럴 분이 아니니까. 결국 레이프는 아버지가 졸업식에서 축사를 해주고 어머니가 과학실 증설 비용을 대주는 조건으로 간신히 그 학교를 졸업했다.

다시 눈 깜짝할 사이에, 이번에는 메타리 대학을 졸업하고 바로 다음 날이었다. 레이프는 변변찮은 성적으로 공학 학사 학위를 받았는데, 능력이 달려서가 아니라 관심 부족에 결석까지 잦았기 때문이다. 그의 어머니는 다킨 집안의 자녀가 대학을 졸업하면 관례적으로 주는 신탁 기금 인출에 서명하지 않겠다고 했다. 레이프가 엄연히 집안 전통이라고 따졌지만, 어머니는 '관례'가 곧 '의무'는 아니라고 응수하면서 논쟁하고 싶으면 해보라고 했다. 물론 피닉스 고등법원을 밥 먹듯이 들락거리는 변호사인 어머니를 상대로 논쟁은 무리였다.

레이프는 도전하려들지 않았다. 대신 아버지를 바라보았다. 아버지는 멍한 표정이었다. 그 역시 콜레트 다킨과 논쟁을 벌일 만큼 어리석지 않았다. 어차피 혼자서 결정할 수도 없는 문제였다. 다킨 가문 신탁 회사의 규칙에 따르면 양친이 모두 살아 있을 경우, 자녀가 표준 나이로 서른다섯 살이 되기 전에 신탁 기금을 인출하려면 부모가 둘 다 서명을 해야 했다. 콜레트 다킨은 게을러터진 아들에게 가업을 맡기고 싶지 않았다. 부족한 교육을 메워줄 직업을 갖길 바랐다. 장 미셸 다킨은 개척연맹 상선에서 일해보라고 권유했다. 자신의 오랜 지인이 화물선의 자리를 알아봐줄 거라고 했다.

마지막 꿈속 장면에서 레이프는 더 이상 서 있지 않았다. 챈들러 호의 복도를 달리고 있었다. 챈들러 호를 습격한 정체불명의 무리를 피하려고 달렸지만, 생각처럼 빨리 달릴 수가 없었다. T자 모양으로 갈라진 지점에서 레이프 앞에 두 놈이 나타났다. 레이프는 허둥지둥 돌아서다 그만 넘어지고 말았다. 다시 일어나 달아나려 했지만, 뒤통수에 총을 맞고 그대로 쓰러졌다.

꿈속에서 레이프는 현실에서와 마찬가지로 총알이 살갗을 뚫고 두개골에 박히면서 뇌 속으로 파고드는 것을 느꼈다. 꿈속에서도 현실에서처럼 이제 죽는구나 하는 싸늘하고 충격적인 확신이 들었다. 그리고 모든 것이 사라지기 전에 한 가지 생각이 번개같이 뇌리를 스쳤다.

억울해.

"좋아, 모르겠어. 저들은 누구야?"

에이블 리그니 대령이 유리로 둘러싸인 개척연맹 회의실을 들여다보며 물었다. 안에 있는 두 남자의 얼굴에는 웃음기가 없었다.

리즈 이건 대령이 커피 잔을 들고 있는 손의 집게손가락으로 그들을 가리키며 대답했다.

"왼쪽에 있는 무뚝뚝한 남자는 피닉스 행성의 통상교통부 장관 앨러스테어 슈미트야. 오른쪽에 있는 무뚝뚝한 남자는 이 행성에서 가장 큰 선박 회사인 발라드-다킨의 CEO이자 회장인 장 미셸 다킨이고."

"대단들 하시군. 그래서 우리가 저들을 만나는 정확한 이유가 뭐야?"

"갈레아노 국무장관이 그러라고 했으니까."

"다시 말하지. 내가 왜 저들을 만나야 하는 거야?"

"왜냐하면 상선들이 납치되는 문제에 대해 우리가 어떤 조치를 취하고 있는지 저들이 듣고 싶어 하니까. 그리고 기억하는지 모르겠지만, 당신이 그 문제 책임자니까."

"좋아. 하지만 그게 저들과 무슨 상관이야? 행성간 교역은 피닉스 통상교통부 장관의 관할이 아니잖아."

"우주 공항은 그의 관할이지."

"맞아. 하지만 그것도 성층권까지만 해당돼. 우주 해적은 심각한 문제지만, 그의 문제는 아냐. 피닉스 행성의 상업에 영향을 끼칠 정도는 아니잖아."

리그니는 장 미셸 다킨을 가리키며 물었다.

"저 양반 우주선들이 납치됐어?"

이건은 고개를 저었다.

"발라드-다킨의 선박은 피닉스 행성에서만 운용돼."

"그럼 처음 질문으로 돌아가야겠군. 아니, 두 번째 질문 말이야. 우리가 왜 저들을 만나야 하는 거지?"

"내 말 아직 안 끝났어."

이건의 말투는 아주 차분했다. 리그니는 그녀가 버럭 화를 내기 직전이라는 것을 눈치챘다.

"미안."

이건이 고개를 끄덕이고 다킨을 가리켰다.

"저 양반 아들이 일주일 전에 실종된 화물선 챈들러 호의 조종사야."

"해적한테 납치돼서 다음 목적지에 늦은 실종이야, 그냥 실종이야?"

"그건 당신 부서 소관이잖아, 에이블."

리그니는 툴툴거리면서 재빨리 뇌도우미에 접속해 챈들러호의 최근 정보를 검색했다.

"챈들러 호가 이리 행성에 도착하지 않고 이틀 지나 우리가 무인 도약기를 보냈어. 지구 정거장이 파괴된 이후 시행된 새로운 정책이지."

"그래서?"

"아무 정보도 없어. 도약 지점으로 오지 않았고, 파괴당했다는 증거도 전혀 없어. 백지 상태야."

"그럼 그냥 실종이네."

"그런 것 같아."

"이제 다킨이 여기 온 까닭을 알겠지?"

"어떤 식으로 상대하는 게 좋을까?"

"원래 하려던 대로 하면 돼. 해적 문제에 대한 개척방위군의 입장을 말해줘. 정보를 주고, 위로해주고, 스스럼없이 이야기를 나눠."

"위로 쪽은 자네가 맡는 게 좋겠어. 자네는 지구에서 매스컴 제국을 거느린 인물이었으니까."

이건은 고개를 저었다.

"난 CEO였어. 위로나 동정심으로는 CEO가 되지 못해. 그런 건 정책홍보부 소관이었지."

"그럼 나더러 하라는 거야? 정책홍보부 직원처럼?"

"응. 무슨 문제라도 있어?"

"아니. 물론 그렇다고 해도 자넨 상관없겠지만."

"상관있을 거야. 나중에."

"퍽이나 위로가 되는군."

이건이 고개를 끄덕이고 방 안에서 기다리는 두 남자를 가리켰다.

"저들 둘의 질문에 성의껏 답해주고 우리가 최선을 다하고 있다고 안심시켜서 저들을 최대한 행복하고 만족한 상태로 돌려보내면 돼. 그러면 내 상관이 행복해질 거야. 나도 행복해질 테고. 그러면 나는 당신한테 빚을 지는 셈이지. 결국 당신도 행복해지는 거야."

"끝없는 행복의 고리가 된다는 소리야?"

"'끝없는'이라고는 안 했어. 과도한 약속은 하지 마. 그냥 조금만 안심시키면 돼. 저들에게 필요한 만큼만 주란 소리야. 들어가자."

회의실로 들어간 이건과 리그니는 슈미트와 다킨에게 각자 자기소개를 하고 테이블 건너 두 남자 맞은편에 앉았다.

이건이 운을 뗐다.

"저는 슈미트 장관님의 아드님인 하트를 잘 압니다. 이렇게 뵙게 돼서 영광입니다."

슈미트가 대꾸했다.

"그래요? 그 녀석은 나한테 당신 이야기를 한 적이 없는데."

"그의 상관인 아붐웨 대사를 더 잘 알죠."

"아, 최근에 파괴된 지구 정거장에서 탈출한 분."

"네. 하트가 포함된 그녀의 외교단 전원이 살아남았죠. 실로 다행스러운 일이었습니다."

슈미트는 고개를 끄덕였다.

이건이 뇌도우미로 리그니에게 메시지를 보냈다.

당신 차례야. 정보를 주고, 스스럼없이, 위로의 말투로.

리그니가 입을 열었다.

"다킨 씨. 제가 여기 오기 전에 챈들러 호의 최신 정보를 확인해봤습니다. 물론 근심이 크실 줄로 알지만……."

갑자기 다킨이 리그니의 말을 잘랐다.

"1억 6천 5백만 톤이오."

"네?"

리그니는 당황한 기색이 역력했다.

"우리 회사 선박들이 피닉스 우주 공항을 통해 이곳 피닉스 정거장으로 실어 와 여기 정박한 선박들로 옮기는 화물량이 1억 6천 5백만 톤이란 말이오. 피닉스 우주 공항에서 당신네가 관리하는 이 우주정거장으로 오는 화물의 거의 90퍼센트에 해당하는 물량이지."

"그건 몰랐습니다."

리그니는 다킨이 왜 이런 말을 했는지 몰라 어리둥절했지만 단도직입적으로 묻기는 부담스러웠다.

다킨이 말했다.

"물론 뜬금없는 소리로 들렸을 거요. 하지만 난 이 수치를 알려주고 싶었소. 그러면 이제부터 내가 하는 이야기를 심각하게 받아들일 테니까."

"알겠습니다."

리그니가 이건을 힐긋 보았지만, 이건은 그에게 눈길을 주지 않았다.

다킨이 계속 말했다.

"당신은 챈들러 호와 내 아들에 대해 알 거요."

"네. 그래서 제가 방금⋯⋯."

"당신은 내게 줄 정보가 하나도 없소."

다킨이 또 말을 끊자 리그니가 다시 입을 다물었다.

"나는 바보가 아니오, 리그니 대령. 또한 내 나름의 정보망도 있소. 여기 계신 슈미트 장관도 거기 포함되지. 나는 현재 당신들이 챈들러 호와 그 배 선원들의 행방을 전혀 모른다는 것을 잘 알고 있소. 그러니 부디 알맹이 없는 소리로 어쭙잖게 나를 달랠 생각은 말아주시오."

"다킨 씨."

이건이 대화에 끼어들었다. 리그니는 이제 벤치 신세라는 뜻이었다.

"여기 오신 목적을 곧바로 말씀해주시는 편이 나을 듯합니다."

다킨이 대꾸했다.

"내 이야기는 간단하오. 나는 피닉스 행성으로 들어오고 나가는 물자의 90퍼센트를 책임지고 있소. 식량의 90퍼센트. 생필품의 90퍼센트. 개척연맹이 개척행성들로 이루어진 작은 제국을 운영하는 본거지인 이 우주정거장을"—다킨은 이 단어를 힘주어 말했다—"사람이 살 수 있는 곳으로 만들어주는 모든 것의 90퍼센트가 내 손 안에 있다는 뜻이오. 만약 일주일 안에 챈들러 호와 그 선원들의 확실한 행방을 나한테 알려주지 않으면, 피닉스 정거장으로의 물자 수송은 중단될 거요."

이 말에 모두가 입을 다물었다. 이윽고 이건이 슈미트에게 말했다.

"이건 용납할 수 없는 일입니다."

슈미트가 대꾸했다.

"내 생각도 같소. 그래서 여기 올라오기 전에 다킨 씨에게 그렇게 말했소이다."

"하지만 결국 이분이 여기 와서 최후통첩을 하셨군요."

"그렇소. 통상교통부 장관인 나로서는 이 사안에 대해 손쓸 도리가 없기 때문이오."

이건이 따지듯이 말했다.

"피닉스 정거장으로 들어오는 물자 수송을 한 회사가 거의 독점하게 한 것은 바람직하지 않은 처사입니다."

슈미트는 희미한 미소를 지으며 대꾸했다.

"동감이오, 이건 대령. 하지만 피닉스 정부를 탓하기 전에 개척연맹의 계약부터 먼저 살펴봐야 할 거요. 발라드-다킨에 물자 수송 독점권을 준 쪽은 우리가 아니라 개척연맹이란 말이오."

리그니가 다킨에게 말했다.

"정보 입수 여부는 장담할 수가 없습니다. 저희는 이 문제를 소홀히 다루고 있지 않습니다, 다킨 씨. 하지만 선박이나 그 잔해가"—리그니는 이 표현을 곧바로 후회했지만 이미 엎질러진 물이었다—"당장 발견되지 않으면, 수색 작업이 극도로 어려워질 수밖에 없습니다."

다킨이 대꾸했다.

"그건 당신네 문제요."

"네, 맞습니다. 하지만 저희를 이 문제에 엮으시려면 전체 상황을 아셔야 합니다. 당신이 요구하는 시한 안에 챈들러 호를 찾는 건 거의 불가능한 일입니다."

"다킨 씨."

이건이 말하자, 다킨이 그녀에게 눈을 돌렸다.

"솔직하게 말씀드리겠습니다."

"좋소."

"챈들러 호와 그 배의 선원, 그리고 당신 아드님에 대해서는 저도 안타깝게 생각합니다."

결국 동정심 카드를 사용한 사람은 이건이었다. 리그니는 살짝 짜증이 났다. 이건의 말이 이어졌다.

"하지만 피닉스 정거장으로의 물자 수송 중단을 무기로 삼겠다는 생각은 오판입니다. 우선 피닉스 행성 대신 다른 개척행성들로부터 물자를 실어 오면 그만입니다. 그리고 피닉스의 수출 경제가 심대한 타격을 입을 겁니다."

이건은 슈미트를 가리켰다.

"슈미트 장관께서는 이 말씀을 드리고 싶지 않을지도 모르지만, 피닉스 행성 정부가 곧바로 당신의 회사를 국영화할 겁니다. 그리고 결국 당신은 개척연맹과의 계약 위반으로 법정에 서게 될 테고요. 또한 개척연맹 정부의 본거지인 피닉스 정거장을 굶겨 죽이려는 행위는 반역으로 비쳐질 가능성이 농후합니다. 개척연맹이 반역행위를 묵과하지 않는다는 점은 굳이 말씀드릴 필요가 없겠죠."

다킨이 씩 웃었다.

"고맙소, 이건 대령. 난 당신의 과거를 조금 알고 있소. 당신이 지구에서 CEO였다는 사실 말이오. 그러니 우리는 같은 언어로 말하는 셈이오. 그렇다면 나도 당신처럼 아주 솔직하게 말해주리다. 피닉스 대신 다른 개척행성에서 물자를 가져오겠다는 위협은 허풍이오. 개척연맹은 약해졌소, 이건 대령. 당신들은 지구를 잃었고, 이제는 되찾을 길이 없소. 조만간 병력은 바닥날 테고, 그때가 되면 개척방위군을 충원하려고 개척행성들을 쥐어짜기 시작할 거란 사실을 개척행성들은 알고 있소. 그 때문에 다들 긴장하고 있고, 결국 개척연맹의 쓸모가 없어지는 게 아닐까 의심하고 있소이다.

피닉스 정거장에 필요한 물자를 다른 행성들로부터 가져오기 시작하면, 그들은 그 이유를 궁금해할 거요. 그리고 피닉스 행성이 이 우주정거장을 굶기고 있기 때문이란 사실을 알게 되면, 그들 중 일부는 현재 개척연맹이 얼마나 약해졌는지 눈치채고 더 피를 보기 전에 지금 이탈하는 편이 낫다고 판단할 거요. 그건 당신도 알 거요. 나도 알고 있소. 나머지 모든 행성에 개척연맹이 실제로 얼마나 약한 상태인지 알리는 짓은 차마 할 수 없을 거외다."

이건이 응수했다.

"훌륭한 연설이긴 합니다만, 그 전에 당신 회사가 국영화된다는 점을 쉽게 망각하셨군요."

다킨이 슈미트를 보았다.

"말씀해주시죠."

슈미트가 이건에게 말했다.

"피닉스 정부는 발라드-다킨을 국영화하지 않을 거요. 현재 우리는 연립정부요. 지지받지 못하는 불안정한 연립정부지. 다킨 씨가 물자 수송을 중단하는 것도 문제지만, 그 회사를 국영화하면 문제가 더 커질 거요. 정부가 분열될 테니까. 현 정부는 지지도 못 받고 권력도 잃는 것보다는, 지지는 못 받아도 권력을 유지하는 쪽을 택할 거요."

이건이 대꾸했다.

"강제로 국영화시킬 수도 있습니다."

슈미트는 고개를 끄덕였다.

"개척연맹이 강제할 수는 있소. 하지만 그 방법으로는 사태를 더 악화시킬 뿐이오, 이건 대령, 리그니 대령."

그는 살짝 고갯짓으로 다킨을 가리키고 말을 이었다.

"당장은 여기 있는 피닉스 국민 한 명만이 당신들한테 막무가내로 분노하고 있소. 만약 강제로 국영화를 실시하면, 10억 명이 막무가내로 분노하게 될 거요. 그리고 그 분노는 반드시 퍼져나가겠지. 다킨 씨의 말이 맞소. 지금 개척연맹은 약해진 상태요. 그 사실을 사방에 떠벌리고 싶지는 않을 거요."

다킨이 말했다.

"일주일 주겠소."

리그니가 나섰다.

"설령 우리가 당신의 요구를 수용한다 해도, 일주일로는 턱없이 부족합니다."

"부족하건 말건 내 알 바 아니오."

"괜한 억지가 아닙니다."

리그니는 자기도 모르게 몹시 신경질적으로 쏘아붙였다. 덕분에 적어도 다킨이 움찔하는 눈치였다.

"운항과 통신의 한계 때문입니다. 우린 공상과학 소설 속의 우주에 살고 있지 않습니다, 다킨 씨. 이 우주에서 저 우주로 순식간에 메시지를 보낼 수가 없단 말입니다. 시공이 평평한 지점으로 무인도약기나 우주선이 가서 항성계를 벗어나야만 합니다. 따라서 오늘 바로 광범위한 조사와 수색 작업을 시작한다 해도 일주일 안에 정보를 받을 가망은 없습니다. 사실 우리는 이미 챈들러 호를 찾고 있습니다. 그렇다 해도 일주일 안에 정보가 도달하려면 지독히 운이 좋아야 합니다."

다킨은 요지부동이었다.

"내 요구는 변함이 없소."

"이해합니다. 하지만 적어도 이건 협상이 가능한 문제 아닌가요? 만약 지금 우리와 힘 싸움을 하는 것이 목적이라면, 당신은 우리가 실패할 걸 알기에 일주일만 주려는 거겠죠. 하지만 정말로 아드님 때문이라면, 다킨 씨, 우리가 그 일을 할 수 있도록 시간을 주셔야 합니다. 우리가 할 일은 당신이 원하는 것입니다. 챈들러 호를 찾는 일 말입니다."

"얼마나 달라는 거요?"

"4주."

"2주 주겠소."

"안 됩니다, 다킨 씨. 최소 4주입니다. 당신은 물자 수송과 회사 운영에 대해 잘 압니다. 저는 우리 우주선들과 그 운용에 대해 잘 알죠. 지금 흥정을 하려는 게 아닙니다. 이 일을 하는 데 필요한 시간을 말씀드리는 겁니다. 선택하십시오."

다킨은 슈미트와 이건을 바라보고, 다시 리그니를 보며 말했다.

"4주 주겠소."

그러고는 자리에서 일어나 회의실 밖으로 걸어 나갔다.

다킨이 사라지자 이건이 슈미트에게 말했다.

"이번 일은 결국 저분에게 해로울 겁니다."

"이 모든 일의 결말이 저 양반한테 해롭다면 나로서는 감사할 따름이오."

슈미트가 일어서서 한마디 덧붙였다.

"내가 걱정하는 건 이번 일이 결국 우리 모두에게 해로울 거란 점이라오."

그는 리그니를 보고 말했다.

"적어도 당신 덕분에 준비할 시간은 조금 벌었소. 그 점은 고맙게 생각하지만, 그런다고 달라지는 건 없을 거외다."

슈미트가 인사를 하고 자리를 떴다.

둘만 남게 되자 리그니가 이건에게 말했다.

"휴, 재미있는 만남이었어."

이건이 물었다.

"4주 안에 그 우주선을 찾을 수 있겠어?"

"해봐야지."

"해보지 마. 해내. 안 그러면 한 달 뒤에 우리 모두 서로를 산 채로 뜯어먹게 될 테니까."

"정말 그렇겠군."

"당신이 실패하면 그런 최악의 시나리오가 현실이 될 거야."

모든 것의 종말 2

1판 1쇄 인쇄 2016년 9월 12일
1판 1쇄 발행 2016년 9월 23일

지은이 존 스칼지
옮긴이 이원경
펴낸이 김성구

책임편집 김민기
단행본부 박혜란 나성우 김동규
저작권 이은정
디자인 여종욱 문인순
제　작 신태섭
책임마케팅 손기주
마케팅 최윤호 송영호 유지혜
관　리 김현영

펴낸곳 (주)샘터사
등　록 2001년 10월 15일 제1-2923호
주　소 서울시 종로구 동숭동 1-115 (110-809)
전　화 02-763-8965(단행본팀) 02-763-8966(영업마케팅부)
팩　스 02-3672-1873　**이메일** book@isamtoh.com　**홈페이지** www.isamtoh.com

ISBN 978-89-464-2037-3 04840
ISBN 978-89-464-2038-0 (세트)

이 도서의 국립중앙도서관 출판시도서목록(CIP)은 e-CIP 홈페이지
(http://www.nl.go.kr/cip.php)에서 이용하실 수 있습니다. (CIP제어번호: CIP2016021866)

값은 뒤표지에 있습니다.
잘못 만들어진 책은 구입처에서 교환해 드립니다.